JN252340

大活字本シリーズ

# 屋上への誘惑

小池昌代

埼玉福祉会

# 屋上への誘惑

装幀　関根利雄

# 目次

# 屋上への誘惑

# バスに乗って

バスに乗ったら、とある停留所で、たくさんの子供たちと、お母さんが少し、次々と乗ってきた。子供たちは、みんなバスに乗りなれていて、すました顔で乗ってくるのがおもしろかった。

外国にいったり、地方にいったりすると、バスに乗るのは、一大事だ。なにしろ、バスという乗り物は、町の路地や細かいところへぐんぐんもぐりこんでいく、血管みたいな乗り物だ。いわば町の、専門職的交通手段なので、その土地にせいつうしているひとびとにとっては、なんでもないようなことが、よそものにはひどく、まごついてしまうということが多い。

　だいたい、いくら入れればいいのか？　どこに入れればいいのか？　どこそこに行くには、どこで降りたらいいのか？　？？？？？

　そんなバスに、子供たちが、旧知の川を泳ぐめだかのように、すいすいと、すまして乗ってくるのが、いかにも生意気な都会の子供のようであり、おもしろかったのだ。

「子供ひとり」

と、見ればわかるだろうに、自ら名乗りをあげて乗り込んでくる子供、あらかじめ用意して握りしめておいた小銭を、じゃらじゃらと勢いよく、小箱に流し込む子供、カードをさっと、さしこむ子供もいて、なかなかみんな手際がいい。

不器用な子もいる。カードを逆様にさしこんだり、小銭が足らなかったり。たちまち列の流れがよどむ。急いでいるひとはいらいらするかもしれないけれど、そんな風景を見ているのも楽しい。

でも、たいがいの子供たちは、どんどん乗ってくる。つっかえるのは、お母さんたちのほうだ。

この京王バスは、均一、二百円だが、都営バスは、現在二百十円なので、大人の思い込みで、二百十円を入れてしまうひとが多いのだ。

運転手さんに、

「いま、いくら入れましたか」

と指摘されて、

「あら、二百円なの、十円多かったわ」

「へえ、二百円なんだ、安いのね」

とか、同じようなことを言っている。

新しい五百円玉も、機械がまだ、認知できないようで、するんとすり通りして、戻ってきてしまう。

「お客さん、すいませんが、新しいやつはまだだめなんですよ」

「はあ」

そういうとき、自分の入れた五百円玉が、とたんにおもちゃのコインのように感じられる。通貨が通用しないとき、自分の身までもが、きゅうに頼りなくあやしく思われてくるのはおもしろいことだ。ここはどこか？　わたしは誰か？　ささやかな日常生活の価値が崩壊すると、自分が自分であることも、崩壊してしまうということなのか……。

それにしても、この新五百円玉はひとごとではない。人間関係でも、原稿を書くことでも、私自身、実際あらゆる局面で、この新五百円のように、受けつけてもらえず、何度も滑り落ち、ふりだしに戻っている毎日なのである。

ともかくも、そんなこと、あんなことの騒ぎをおさめ、バスはようやく走り出す。どっこいしょ、とおもい尻をふり、ごろごろっと、俵をころがすように。

子供たちの声でいっぱいのバスは、そわそわした空気で、とても愉快だ。愉快だけれども、とてもうるさい。一方、お母さんたちは疲れていて静か。でも、その、静かな疲労した視線の端で、子供たちを、しっかりとつかまえているのがわかる。

そのようにして、ひとえきごと、子供が降りたり、大人が降りたりして、車内はだんだん隙間だらけになっていく。

やがて、がらんとしたバスのなか。ああ、こうやって、私も年をとっていくのか。生き残りのばあさんみたいな心境になってつぶやけば、あれ、このバス、どこに向かって走っているのだったかしら、と、心は一瞬の空白をかかえこむ。

目はそんなときも、外を流れる風景を追っている。いつのまにか、雨が降り出していて、バスはようやく、終点の渋谷についた。

# 言葉のない世界

帽子をかぶった二人の女が、テーブルをはさんで座っている絵を見たことがある。エドワード・ホッパーというアメリカの画家が描いたものだ。この絵について小説家のアップダイクは、「まるで二人が互いに聴きあっているように見える」と書いている。

とても奇妙な言い方だ。普通、会話というものは、一方が話し、一方が聞き、これが交互に繰り返されたりする。同時に二人が聴きあってしまっては、会話は成立しないだろう。

しかし、「聴きあう」という表現ほど、この絵の女たちにふさわしい言い方もない。この不思議な対面は、まるで、互いを静かに消しあうようでもあるのだ。こうした存在の相殺が、絵を見ているあいだじゅう、絵のなかで行われていて、描かれているのは、女たちというよりも、透明な関係性なのではないかと思われてくる。

彼女たちは前からの知り合いのようでもあり、この絵のなかで初めて出会った、ゆきずりの者同士とも言えそうだ。いずれにしても、この世での役割が吹き飛んで真裸になった存在同士が、とけあおうとしているように感じられる。

そんなとき、テレビでたまたま、モーツァルトのバイオリンとビオラのための協奏曲を聞くことがあった。バイオリンは堀米ゆず子、ビオラは今井信子。偶然だが、これもやっぱり二人の女が、視線を一度もあわせることのないまま互いの身体を聴きあい、奏でていた、モーツァルト。その動作としぐさは、あの絵の女たちに、とてもよく似ていた。逆に言えば、絵のなかの二人は、言葉のない、音楽の状態にいたとも言える。

言葉というものを操って、私たちは他者と関係したつもりでいるけれど、本当は、あの絵の女たちのように、互いを少しも知らないで、この世に寄る辺なく点在しているだけではないのか。そうして見ると、この絵の二人が、最も純粋な「関係」の縮図として、私たちの前に静かに立ち現われる。

聴きあう彼女らに、話題はない。それは彼女たち自身がまさに「話題」である証拠ではないか。誰にとっての話題か？　カミにとっての？

人と話しをしていて、話題がとぎれることがある。その瞬間のまの悪さが、私は実は、案外好きだ。話すことなど、もう何もない。――その虚空のなかに身を置くと、ないことのなかに、やがてゆっくりと充ちてくるものがある。話題を探すのではない。私たちという存在が、こうしていつも、遠くからやってくるものに、手繰り寄せられ、探されるのだ。

さあ、話しをしよう。

# カフェの開店準備

陽射しの強い土曜日の朝でした。私は、喫茶店の外に置かれた椅子に座って、一人でコーヒーを飲んでいました。

向いの喫茶店はちょうど開店前で、若い女性が、一人で開店準備をしています。全面が硝子ばりの店なので、彼女の動作が、ここからもよく見える。椅子をそろえて、テーブルをふく。窓を磨いて、窓のさんをふく。額縁のほこりを払い、各テーブルに、砂糖壺を置いていく……。無駄がなく、やり慣れたことがらを次々こなしているといった印象です。でも、どこかこの繰り返しに、耐え難いというような抵抗感と、かすかなあきらめも感じられます。いつしか、視線がひきこまれていきました。

カフェの開店準備――準備というものは、普段隠れている、見えない行為です。たとえ見えていても、それは見ていなかったのと同じこと。だってそれは、開店のための行為であって、それ自体に光が当たるものではありません。行為が終れば、まるでしたことの一切が、なかったかのように、あしらわれる行為です。

まるでそこに、日常の裏側がめくり返されているようで、その光景の何が、自分をひきつけるのかわからないまま、私は、新鮮な好奇心に誘われて、彼女の行為を見ていました。

汚れをふく、払う、落とす、彼女はそうした動作を行っています。その目的は、客に気持ちよく店内の空間と時間、飲食物を提供することにあり、報酬として、給料をもらうのが最終目的です。

でも、どうなのか。そんなことをいちいち考えながら、汚れを落としたり、テーブルをふいたりするのだろうか。自分のことを考えてみます。人が来ることになった、家をきれいにしなければならない（私の部屋は、いつも散らかっている）、そういうとき、とりあえず掃除を始めるけれど、いったん窓を磨き出すと、磨くことが目的になってしまう。汚れが落ちる、そのことが楽しくなって、夢中になって作業を終えることがある。汚れを落とすことには、そういう構造があるようです。でも、考えてみれば料理もそうですし、ペンキを塗ることもそうだ。詩を書くことも同じです。締め切りがあって、雑誌に掲載されるのは単なる結果。書いているあいだは書くこととそのことに夢中。

私は長い間、アマチュアのオーケストラでビオラを弾いていましたが、楽器の演奏が、まさにそうです。弾くという行為は、どんな部分も、弾く、その一瞬のために行動がおこされる。目的と行為が、一瞬ごとにぴったりと一致している。

だから、言葉の上では、本番に向けて練習するという言い方はあっても、実際は練習のための練習、もっと言えば、弾くために弾き、楽しむということになり、練習とか本番（ただ、光が当たっているだけで）とか、そういう分別など、本質的には無効だ、そういう思いを持ったものです。

私たちは、現在という一点に、いつも自分を投げ出すことしかできなくて、未来の時間のために、現在を使うということに耐えられないのではないか。それは現在をからっぽにすることだから。例えば大学に受かるためだけに、受験勉強をすることには耐えられない。勉強することそのもののなかに目的を持たなければ、とても、やっていけるものではない。別の言い方をすれば、未来も過去もなく、あるのは現在だけ。その現在という一点に、生も死も、なにもかもがある。

そうすると、世の中のあらゆる行為について、どれが準備で、練習で、どれが本番だ、開店だ、ということは本質的にはどうでもよくなります。すべてが、いつも本番ということになる。

さて、喫茶店の開店準備に目を戻せば、ここにも開店という目的がありながら、おそらく、準備そのものが、一瞬ごとの目的となって、行為が積み重ねられているはずです。もちろん、カフェの女の子は、実際のところ、ああ、いやだ、面倒くさい、毎日同じ仕事でもうあきたな、そろそろやめよう、と思っていたかもしれません。少しなげやりにも見えた態度は、一分でも早く切り上げて、楽をしようという目論見だったかも。

彼女の立場に立ってみれば、そう思うことも充分頷ける。毎日同じように行われる作業、習慣化という作業に対しては、抵抗するほうが自然だと思います。行為が習慣化した途端、その行為の源にある生命力は死ぬ。一つの事柄を、特別考えもせずに、うまく手際よくできるようになること、それは一見、人間を楽に軽やかにするように見えますが、逆に私たちをどんどん下のほうへひっぱり、生きることを重くするような気がします。同じことを繰り返す――書いたり（自己模倣）、しゃべったり、行動したりすることに、罪の意識を感じることがありますが、このことと繋がりがあるのかもしれません。

行為を習慣化しないためには、行為そのもののなかに、常によろこびを発見することが必要になってきます。難しいことです。行為の目的と行為そのものが分裂していけばいくほど、自分も分裂し、辛さが増していくことになるのでしょう。

それにしても、遺産相続とか、作品の創造、墓とか、記念碑とか、写真撮影やビデオ録画など、生を記憶しよう、残そうという行為の一方に、カフェの準備のように、為される側から消えていく行為がある。平凡な日々の細部の積み重ね。私たちが死ぬときも、何一つ、痕跡が残らない、その意味でけだかい行為です。

今、ようやく開店したカフェ。しばらくすれば、人々のざわめきに満たされて、誰一人、女の子が開店準備をしていたなんて、考えもしない。私たちの生は、いつもそんな容貌をしています。そしてここに耐えることでしか、生の次の段階は開かれてこない。日常生活は、そんなしぶとい挑戦を、いつも私につきつけてきます。

# カミサマの居る場所

管理人の川上さんを、私たち夫婦は、「川上さん」と呼んだ。「管理人さん」と呼ばないのは、どうしてだか、よくわからない。二人とも、「管理人さん」と匿名で呼び捨てて通り過ぎることができない、ある濃い気配を「川上さん」に感じていたからかもしれない。

川上さんは、体の大きな人だが、足と口が少し不自由なので、それだけでも、人に忘れがたい、特異な印象を与える。川上さんは、河上さんかもしれないし、加輪紙さん（まさか）かもしれないから、本当は今のところ、カワカミさんである。

私たちは、ばらばらな夫婦だけれど、生活していく上で、いくつかの暗号のようなものがあり、カワカミ、という音は、そのひとつであった。カワカミ、と聞くと、あの大きな体が、向こうの方から、のっしのっしとやって来て「ダメですよ、ここに車おいちゃ」と物凄いダミ声で一喝するのである。カワカミと聞けば、その一連のカワカミイメージが、同時にそれぞれを流れるのだった。

長く暮らした夫婦というものは、こういう暗号の鍵束を、きっとじゃらじゃら持っているのだろう。それらは、目には、見えないのだから、「夫婦の問題は、その夫婦にしか、わからない」と世間のひとが言うわけである。

　ところで、管理人さんというものは、改めて考えると妙に神経を刺激する存在である。「みていないようでじつはみている」という形容が、実によく似合う職業だ。「みているようでみていない」かもしれなくて、その視線の行き所は確と摑めない。このマンションはマンモス住宅で、そのひとつひとつに目を配るなど、到底不可能なことと思われる。どの窓も、どのドアも同じ形。顔つき、顔色、個性というものを、一切落として、静まりかえっている。ひとがドアから出てくるところや、ドアの中へ入っていくところをめったに見ないのに、私自身が出入りするところは、誰かにじっと見られているような気がする（ゴキブリってきっとこんな気持ちなのではないかしら）。入居するとき、何か起こるのでは、という漠然とした不安があったが、実際、奇怪な事件が起きるのだった。

それは、掲示板コーナーの注意書きが教えてくれる。「エレベーターの中で、首を絞められる女性が続出しています。注意して下さい」「不燃物の中に、注射器が捨てられています。捨てるときは医療機関に相談しましょう」「どろどろした液状のもの（中身は不明・悪臭）がエレベーターの中に放置されています。持ち主は至急引き取って下さい」。その上、夜中には「殺される、たすけて」という女性の声。なんて、ぶきみな館に入居してしまったのかしら。「みだりに当マンションへ立ち入らないで下さい」を、私はいつも「みだらな当マンション」と読み間違えるのだった。

そんなマンションを管理するカワカミさんは、しかし、少しも神経質な印象を与えない。ことばが少し、不自由だし、笑った顔を見たことがないので、「どくとく」の人だ、という点では一致しているが、私たちは決して、カワカミさんをきらいではない。むしろ、どこからおこってくるのかわからない、積極的な興味を持っているとさえ言える。カワカミさんは、私たちのことを、ある程度は知っていた。電話番号、住所、氏名、年齢、それらは入居する際、書かされたから。しかし、彼のことは、何ひとつ知らない。それで、カワカミさんが、ほかの土地からの通いのひとであることが判明したときは、そのことが、私たちの小さなニュースになったくらいだ。

カワカミさんは闇のひとなのであった。カワカミさんと話をするときは、いつもその闇に手をつっこんで、恐る恐るかき回さなければならないのだった。それでも、これまたどこからやってくるのかわからない信頼感に支えられて、その闇を認めつつ、距離をおきながらつきあっている。この世で、どうにも規定しがたいもの、うまく名前がつけられないもの、そういう存在にカワカミさんは、はまりつつあった。

このあいだは、私たちの夢のなかへ別々に現われた。夢にまで見るなんて、一体どういうことだろう。だいたい、漠然とした信頼感だって、怪しいものである。「意外な犯人」「まさか、あのひとが」という形容が、こんなに似合う職業が他にあるだろうか。「管理人」という存在が、私たちの生活にかけている、かすかな重圧、カワカミさん個人の持っている特異性、それらが混ざり合って闇を作り出し、私たちは、気がつかないところで、少しずつ、その闇に侵食されていたようだった。神（カミ）という音を持っているのは偶然としても、しかしどこか、触れてはならぬ「おそれ」を持った「カワ神」さんである。

このあいだ私は長い髪をばっさり切った。もともと色気がなく、ますます「男」か「おさるさん」かという風体。マンションの入口でカワカミさんに会った。カワカミさんは、目をぱっちりと見開いて、私を睨みつけた。それから驚いて、ぱちぱちとまばたきした。私はカワカミさんが、「おお、みぜらぶる」「なんて、あわれな髪の毛でしょう」と言っているような気がして、思わず、へへへ……という顔になった。そのときだけだ。カワカミさんがつられて笑ったのを見たのは。あとにも先にも一回だけである。

神さまが笑った！　私は心の中で「やった！」と、小さな快哉の声をあげた。

# しんとぼん

弟はしんといい、兄はぼんという。置き忘れられたような兄弟である。

一羽の文鳥を飼っていた。

遊びに行ったとき、「独身のおとこ兄弟鳥を飼う」の設定にどこか美しいものを感じたが、口には出さずに眺めているうち、文鳥はやはり、二人にとって、なくてはならない、バランス装置のように思えてきた。

くらしというより、共生と呼ぼうかというような、二人の生活のかたすみに、小さくうごく、なまあたたかい生き物がいるのは、なんだかよかった。安心できた。

その上、この鳥はたいへんよい声で鳴くのである。きまぐれな女がコップを傾けて不規則にこぼす水音のようだ。その鳥は番いでない。奥のほうから、澄み切っていて、「未婚」の声だ、と思わせるものがある。意味を少しももたない音だから、いつまでもからっぽになって聞いていられる。

耳を澄ませて生活すること。

その声はなぜかしら、自分のなかの空洞に快く響いてくる音なのだった。自分のなかにそのようなからっぽがあることを、気づかせてくれるような音なのだった。

いい声ね、というのも忘れて私は聞いている。しんもぼんも。三人で聞いていて、すこしも窮屈でない。聞いていることさえ、忘れているようだ。

＊

鳥をじいっとみていると、次第にその全体から、矛盾したものがつよく漂ってくる。

胴体は、なめらかな毛でおおわれていて、小動物の生身をかんじるが、それを支えているのは、小枝のような足だ。

植物的なものと動物的なものが、うまく調和し、まざりあって、鳥というものは創られている。その性質は、おとなしく、やさしいようで、芯に怜悧な固さを持っているだろう。残酷に通じる野趣があるのだ。

＊

以前出会った鳥のような男を思い出す。

ビオラを弾くその人は、お酒が大好きで、ものをほとんど食べない人であった。食べても鳥の餌くらいの量。自ら「小鳥の胃袋」と言っていた。

そしてときどき、えっ、と思うような放言をした。普段のおとなしさとは裏腹の、それは、いつ遭遇しても、はじめて見るような、違和感のある冷たさである。

そんなところが、わからないひとだと、いつも感じさせる。

あるとき、突然髪を脱色したのだ。舞台の上でライトを浴びると、オーケストラのなかでそこだけ一箇所、赤毛がうきあがっているので、すぐに彼の場所を判別できる。

密かに、アン、と呼ぶことにした。

しかし、私には人が髪を染める理由がわからない。わからない。わからない。わからない、と思いながら、ああ、全くわからないものをもっている男がそこにいる、と、彼をじいっと見つめていた。

私はしらがを大変エロティックにかんじるので、年をとっても自分の頭はあれほうだい、にしておきたい、とおもう。男のでも、女のでも、しらがはすばらしい。わかじらがも。

髪に野趣を添えるでしょう。

だから、抜かない。抜かせたくない。染めるなんて、もってのほか。

手入れをしていない廃園がすきだ。

「きょう、そんなおばあさんを地下鉄のなかで見た。なんだかヨクジョウしそうだった」と兄のぼんが言う。

しおれていく寸前のものが放つ、異様なちからってある。

廃屋、廃船、枯れていく薔薇。私がそれを見ているとき、私は何を見ているのだろう。時間あるいは私自身？

*

つぐみ。みつゆびかもめ。すずめ。こはくちょう。うみう。ほおじろ。べにましこ。いすか。べにひわ。くいな。もず。

*

鳥を見送った。マンションの窓から。高層ビル街で。

とおく飛び立っていくものを見るとき、身体は離別の感情を、シャワーを浴びるように刻印される。見るものは置き去りにされるしかなくて、その取り残されかたはすがすがしいものだ。あんな風に去られたら別れられる。どちらかだけにおもたい痣が残る別れかたなんて、とてもいけない。

＊

あるときは又、森を歩いていた。声がするのに鳥の姿が見えない。文章に、うまく打たれた句読点のようだ。その存在を主張せず、活かし、溶け込んで隠れている。

＊

せきせいいんこを飼っていたことがある。いつだったか、「ああ、餌が足りないいな」と気が付きながら、人に会いにでかけてしまった。帰宅したとき、鳥が死んでいた。餌箱はからだった。

「あなたには欠けているものがある」と、人から言われた、そのときの声を思い出していた。

私は鳥をもう、飼わないだろう。

＊

しんとぼんと鳥と。

その三角形は、いつしか、永遠を孕んでいるように、微妙なバランスを取り始めている。

いつか壊れるかもしれないのだが、壊れないものなんて、少しもうつくしくない。かわらないものなんて、おそろしくて近付けない。

このなかで、一番先に死ぬのは鳥かしら。ぼんとしんの両親は死んでしまった。

*

冬の樹木みたいなうつくしい手で、しんがばさり、と鳥籠に黒い布をかける。

きゅうな夜空がきた。

私は、なぜかしら、鳥になったように、どきどきしている。

しんを見ている。

# 小名木川

子供の頃は深川と呼ばれた、生まれた町に久しぶりに降り立つと、川は次々と埋め立てられているのだった。

私は自分の胸のあたりに、ぱさっと、土をかぶせられたようなきもちだ。

そうして出来た空き地の上には、形骸となった橋が架かっている。

橋は機能から、「詩」というものを落とし、痛々しい滑稽さで、自らを渡している。
渡らなければならなかったとき、私は橋をイシキしなかった。橋は
橋であることを、透明ニンゲンみたいに慎んでいた。
土の上に渡された橋というかたちは、夢の跡のように土地に残った。

材木屋の店先は
すこし　でこぼこしたとうめいガラスに
古い木の枠
冬になると
やかんが　ストーブのうえで
しゅーしゅーなってた

今はお客がほとんどこない
それでも毎日　窓はみがくから
通りすがりが　みんな
姿をうつしてく

思えばこの詩を書いた頃、私は自分の生まれ育った土地に、本当は少しも興味がなかった。土地は足の下の板切れのようなものであり、その板切れの上の人間のあいだを右往左往するのに、忙しいだけだった。

けれどもなぜだか、この板切れから、この土地から、この家から、私はこのまま一生、出られないような気がしていた。

離れたい、とおくへ行きたい、この家を捨てたい、多分、自分の決心ひとつで、どんどん切り開かれていくであろうことの前に、私は怯え、甘ったれた感傷に浸っていたのだ。

目をつぶると見えてくる川の風景は、隅田川のように鷹揚な大河ではない。その派流の、淀んだような、黒く小さな川である。

流れているのか、とどまっているのか、はかりかねるような鈍重さで、ただ、そこにある。そうして何一つ、コメントしない。恐ろしい棒のような、一本の川である。

詩のようなもの、文章の端切れのようなものを紙の上にたよりなく書き付けている私に、おまえは、一体何をほざいていやがる、と無言で批評する祖父のような川だ。

座敷の奥で
小さな孫娘が泣いた
「うすくあいたたんすがこわいよ」
折り紙でつるを折ってやった
折ってしまうと
夕方はいつもすぐにやってくる
風景は変わり人は残される。

「死んでやる、川へ飛び込んでやる」とけんかのたびに言った祖母は、ハイカラで、にぎやかで、子供っぽくて、我が儘で。晩年は、すっかり惚けて死んだ。

競馬に狂って建具屋をたたんだおじさんは、それでも懲りずに、橋の上で、競馬新聞を読んでいた。

痴漢の癖がついに直らなかった近所のおじいちゃん。橋の上で、私とすれ違ったとき、目の色が別人みたいにどろん、としたこと。

橋という舞台は錆び付いてしまっても、行き来する人達のどうしようもなさは、相変わらずで、変わりようもないのだった。

この町から、山の地へ移り住んで、二年。しかし、変わってしまったことによって、あの町は、ようやく、ふるさとみたいな肌ざわりになった。帰るたびに、どんどんがっかりし、裏切られ、変わっていってしまう土地。だから、帰れるけれども帰らない土地。けれども、この詩を書いた頃のようには、あの土地を今はもう、とてもうたえない。私はといえば、自分の今とこれからのことで、頭をいっぱいにさせているばかりなのだ。

川は　そういう夜も
両岸に林立する
マンションのあかりばかりを
たくさん　うつす

この詩は詩を書き始めたばかりの頃、「小名木川（おなぎがわ）」という題名で投稿したものだ。ところがこの川をコナキガワと読む人もいた。そういえば、どうだろう、こなきがわ、というと、これは随分寂しい川になる。オナギガワと読むのよ、と言おうとして、直すのが惜しいようなな読み違えだと思った。コナキガワ――確かに子供を泣かせた方が、似合ってしまう川なのである。

# 岸上さんの誕生日

「今日はわたしの誕生日だからうちへ来て」

岸上さんが突然いう。岸上さんは赤茶けた髪をして、色が白く、モダンな感じのするひよろっとした少女。誘われるままに四、五人でついていった先は、今にもくずれそうな古いアパートであった。

「台風でこわれちゃったの」

言い訳みたいに岸上さんがいったあと、ぎしぎし音のする木の階段をのぼり、部屋へ入ると、おかあさんがいた。

「あら、きゅうにつれてきちゃって」

と、とてもあわてている。岸上さんはなんにもいわない。わたしたちも棒のようにつったっているだけだ。お膳の上にいちごのデコレーションケーキがあった。

おかあさんがとなりのうちのひとからフォークとお皿をかりてきた。

そのとき、突然来て悪かったのかな、というきもちが少ししたけれど、岸上さんは、ずっとうれしそうにしているだけだし、わたしとしては、わたしがいま、ここにいることが、とりあえずはよいことに違いない、そんなきもちで、ケーキを食べ始めた。

しばらくすると、お膳の向こう側が、ごそごそ、うごいた。はっとした。岸上さんのおとうさんが寝ていた。昼間家にいて、寝ているおとうさんを初めてみた。おかあさんが何かいった。おとうさんが何かつぶやいた。おとうさんはまた、静かになって寝てしまった。

岸上さんは、たいへん貧しい家のこどもであった。そのことを、「わたしは少しはめぐまれている」などと教訓的に受け止めた記憶はないが、岸上さんとのかすかな段差を、はっきりとこころに刻んだのは確かだ。わたしの家だって裕福なわけはなく、地味なくらしだったから、よけいに、その差を敏感に感じたのか。優越感というほどはげしくはないが、どうにもうまくおさまらないまま、たんすの外にころがっている感情だ。

しかし現実というものは、きのこのように根のはえたものであって、岸上さんもわたしも、それをただうけとめることしかできないわけであった。かわいそうとか、気の毒であるとか、子供のわたしは言わなかったし、今でも少しも思わない。

そうした世俗の感情を越えて、「誕生日」という日には、どこか現実を浄化する力がはたらくせいだろうか……。

ただ同じクラスというだけで、ふざけあうこともなく、ときどきことばをかわすか、かわさないか、というほどの淡い関係のわたし（たち）を、しかし彼女は、どうして招いたのか。

そのことを思うと、なにかの垣根を飛び越えて、岸上さんがわたしたちを自分の家に連れていった、というちからに、今でも、うたれたようなきもちになる。岸上さんが自分の誕生日をお祝いしようというきもちが、年を経るごとに可愛くおもわれてならない。
自分をあいするということが、ほかのひとのきもちまでもきれいにした、できごと。
七歳の誕生日であった。

# 潮風の思念

この世にいい詩は、たくさんある。しかし、好き嫌いの垣根を越えて、心をさらに深く降りていくとき、掌中に残る詩の数は少ない。――どの詩について書こうか。小さな本棚を物色していて、これは、と思われた、とある詩集の後ろに、『孤独な泳ぎ手』という詩集を見つけた。まるで隠れていたかのような一冊であった。著者は、衣更着信。きさらぎ・しんと読む。一九二〇年、香川県生まれ。冒頭の詩

「孤独な泳ぎ手」は、読者の耳のごく近くで、静かに、素朴に、語り出される。

いわしの集団のなかで泳いだことがあります
夏の真さかりの、まだ五センチくらいの小いわしの群れが
浜辺まで近寄って来ることがあるでしょう

時刻は、ちょうど十二時。「わたし」は昼食前である。浜で泳いでいるのは、「わたし」だけ。泳いで近寄っても、魚は逃げない。そして、「意外にも左右にさっと開いて、わたしを群れにはいらせてくれた、そしてそのあとを閉じる」のだ。魚は、人間を恐れないのか。魚

をなでたりできそうだ。そう思う「わたし」を裏切って、魚は絶対に人間にさわらせない。「わたし」の泳ぐスペースを、最小限に許しながら、魚は、「わたし」が身体を動かす、そのたびに離れるのだ。そして詩の後半。

しかし、わたしが思い浮かべていたのは*life*ということばでした
泳いでいると妙なことを考える

その真ん中にいるのにさわれないんですよ、*life*は――

潮風の匂いと太陽のまぶしさが、行間から伝わってくるようなこの

詩の、唯一の抽象語*life*。なぜ詩人は、このことばをわざわざ横文字で書かなければならなかったのだろう。生命、活力、人生などと訳せることばである。日本語に置き換えて読む。すると、とたんに、詩の腰がくだける。*life*ということばは、まるで、木材に埋め込まれたダイアモンドのようだ。材質の違う、きしみと違和、異物感。それは言ってみれば、日本語からの、一瞬の逃走、一瞬の反転、一瞬の盲目。語るな、ことばを放棄しろ、イメージのなかを、深く、降りてゆけ。それは、穏やかな風貌をした詩と詩人の、ただ一点の、強烈な命令だ。

わたしはもどかしい、わたしはさわれなかった
あれが*life*なんだ、今こそ悟る

## あれが*life*なんだ

二年前の夏、私は、アメリカで、初めての鱒釣りを体験した。ビギナーズラックという言葉どおりに、大きな鱒が釣り糸をひっぱる。あれはまぎれもなく、いのちがいのちをひっぱるちからだった。人の手を借り、鱒を釣りあげ、そのまま草の上に打ち付ける。それから鱒の胴体を、がつん、と岩にぶつけて失神させた。とたんにぐったりした鱒の身体を、私は手のひらでそっとなぞってみた。釣り糸を通して伝わってきたあのちからは、いったいどこへ解消されたのか。実体＝死体には、触れられても、あのちからの根元には、さわれなかった。感触だけが手のひらに残った。それこそを私は書いてみたいと思った。

私というものの真ん中にある、「在ること」そのものが、魚の方へ動いたような感触だったのだ。

いのちの本質には、触れ得ないのだという孤独な断念に裏打ちされた認識には、すべての「生」への深い尊厳がこめられているように思われる。この認識を土台として、私たちは他の生命と共存しているのだ。冷たくてあたたかい認識である。そして、なんと官能的な認識だろう。寒流と暖流が交じり合うような、広広とした感動に誘われる。

# 蟹を食べる

北海道からたらば蟹が贈られてきた。知人の姉上様が旅先から送ってくれたのである。

保冷パックの蓋を開けると、蟹はすでにゆでられていて、おいしそうな赤色になっている。なかに食べるときの注意書きのようなものがあって、「ゆでないで！　もうゆでてあります」と書いてある。ということは、これを二度ゆでしてしまうひとがいるのだろう。一瞬、いろんなひとがいて大変だな、と思ったが、私だって、そのいろんなひとの一人であるに違いなく、かえってここまでしつこく書いてくれると、安心して、あとはもう、思う存分食べようという意志だけが、もりもりとわいてくるのであった。

さっそく夕食に、食べることにした。今は二人暮らしなので、一匹を二人で分けるのである。考えただけで、とても贅沢な気分になってきた。

蟹を食べるのは久しぶりである。もしかしたら、十年ぶりくらいかもしれない。もちろん、蟹と言われてもわからぬほどの白い肉の切れ端とか、蟹カマといわれる似非(えせ)蟹肉なら食べている。こんなふうに、蟹の姿を拝みながら蟹を食べるのが久しぶりということだ。それでどうやって蟹を食べたらよいのか、蟹はどこからどこまで食べていいものなのか、どきどきして自信がなくなってきた。私たちよりも食べられる蟹のほうが、あきらかに数段えらいような感じだった。しかしおそれることはない。遠慮はいらない。ご飯も炊けた。おみおつけもある。

私たちは、蟹のうえに厳かに包丁の刃を入れ、食べやすいように脚と胴体を切り分けた。それから万能バサミを争うように交互に使いながら、固い甲羅を切り裂き、いよいよ、という具合に、蟹肉を箸でつまみ出した。

つけ汁は、手製の酢醬油であった。二人とも無口で何もしゃべらない。蟹を食べるなかに、しゃべることのすべてが次々と吸収されていくような感じである。

背中を丸めて蟹を食う――この姿を、影絵かなにかで写し出したら、さぞかし、おそろしいシルエットが浮かび上がるだろう。食べながら、その映像を想像した。するとたんに、おかしさがわいてきた。しかし笑いさえも、わきおこるその先から、蟹を食べることのなかに吸収されてしまう。蟹を食べながら、別に蟹のことを考えているわけではなかった。このように様々な想念や映像が、次々と浮かんでは消えているのだった。

「食べるのが早いよ」と彼が抗議した。私は何も言わなかった。

「食べるのが早過ぎる」と再び彼が言った。私は再び黙秘で応酬した。

しかしそれからまもなくして、きゅうにおなかが一杯になった。

「さあ、どうぞ、あとはいらないわ」

王女のように、彼に言うと、皿の上には、無残な脚がまだ、静かに四、五本残されている。それにしても、蟹の甲羅は固いのだ。ごつごつとした爪や凸凹は、敵から身を守るためでもあるのだろうか。よく見れば、ときおり、その爪のさきに、小さな貝のようなものがついていて、ああ、この蟹は、海からあがってきたのだ、確かに海に生きていたのだ、と実感される。むさぼるように蟹を食べながら、私はこんなふうに、ものを食べたのは久しぶりだ、と思った。征服者のような食べ方だと思った。

贈られてきた蟹であるのに、加工されていない全体像を、この目で見てから食べたせいに違いない。全体と部分とはこのように関係づけられているのか。全体を把握しながら、肉を食べるのは、実におそろしいことだと思った。私はいつも、豚の全体を思わずに豚肉を食べ、鳥の姿を想像しないで鶏肉を食べている。戦争中に人肉を食べたひとはどうだったのだろう。これは何の肉だろう、と思いながら食べたのか。人間の全体像――そのひとの目の色とか、髪の形とか、さらには性格とかそんなことまで考えていたら……。

蟹を食べるとき、言葉が消えるのは、もちろん、目先の手作業に夢中になって、他者が消えてしまうからなのであろうが、いのちを犯すというタブーに触れているという意識が、私たちのなにかを鎮めるせいもあるかもしれない。環になって静かに蟹の肉をほじくり出している光景は、どこかおぞましい一面で宗教的なものを感じさせる。

そんなことを思いつつ、食べ終わってみれば、テーブルのうえには、殻の残骸が、山と積まれて静まりかえっている。なんでもなにかをやり終えたあとは、満足のなかに悲しみがあるものだ。このあっけなさを、少しのあいだ、ふさいでおきたいような気分になって、そのとき、そうだ、蟹の送り主にお礼を言うのを忘れていた、と思いついた。さっそく電話すると、電話口の彼女は、さっき北海道から戻ったばかりだ、と言っている。

彼女は、お母さんと二人暮らしだ。自分の家にも、蟹と海胆（うに）を送ったらしい。そして荷物のほうが、自分より先に届いていたという。それは彼女にとって、思わぬ計算違いだった。それというのも、蟹のほうは、お世話になった方へさしあげるためのものであったのだ。お母さんは、そんなことをまったく知らずに、すべてを我がものと考えて、当然のように、開封してしまっていた。

「あたしだって蟹を食べたいわよ」(母)

こうして贈答用のたらば蟹からは、すでに脚が四本、なくなっていたということだ。

# 書庫と盗作

学校がひけると、そこから少し歩いたところにある区立図書館へ行く。そのなかに、未整理の古い書庫があり、開架式になっていた。窓の少ない重苦しい部屋である。長いあいだ開かれることのない本の頁が、しっとりとはりついている感触がわかる。棚のあいだは暗く細い通路。そこをゆっくりと歩いていく。学校や家やどんな道を歩くときも、私はこんなテンポで歩かない。でも、この速度でなければ、めぐりあえない本がある。そんな気がして、歩くのである。

同級生の増田さんが校内誌に発表した詩とまったく同じ詩を、ある書物のなかに偶然見つけたのも、この書庫のなかであった。

増田さんは、にきびだらけの醜い少女。目や鼻が大きく、外国人のような風貌だ。いつの日だったか、彼女が、私の鞄からノートを勝手に取り出して盗み読んでいる姿を見てしまったことがある。あのときは心がふるえた。時間をおいてから教室に戻ると、私の鞄は何もなかったかのように配置されていて、それ以来、彼女とは距離を置くようになっていた。そんな増田さんが詩を書いていることを、知らなかった。私もまた、詩に惹かれていたが、うまく書くことはできなかった。

詩を書く者同士は、このようにしてなかなか出会えない。出会うのは常に一篇の詩と一人の読者である。

彼女の名で校内誌に発表された作品は、神秘的な言葉遣いの美しい詩だった。へえ、あの増田さんが、という印象を持ったものの、詩のことばは、その輝き以外の尺度を、たちまち払いのけた。嫉妬という感情も生まれず、私はひたすらその詩を羨望するだけだった。

そして、というか、しかし、というか、偶然見つけた本の方には、増田さんの名はなく、岸田衿子という詩人の名があった。タイトルは「忘れた秋」。題名までもが同一だった。

黒い小石が、素早く心のなかを落ちていった。しかし私は、知り得たことを誰にも言わなかった。なぜ言わなかったのだろう。そうすることが、正しいことであると思ったわけではない。そんなときは、黙っているのが一番であるという判断でもなく、詩だけを称えていればいいのだという気持ちでもなかった。道徳や常識、知恵などとは一切無関係に、あのときの私は、ただ、黙っていた。

何ものにも強制されず、ただ自分の内声に従うこと。それが、光の差し込まぬ王国——古い書庫——の、目に見えぬ主と交わした約束だったのだろうか。公の場所でなく、私の心という小さな場所で、そのとき増田さんは何者かに裁かれ、瞬間にして許された。一篇の詩と自分の身を、同一に重ねたいと願う心——少しの揺れで、錯誤の方に傾いてもしまうその心は、私自身の心でもあった。そしてそれこそが、私が黙っていた理由ではなかったか。

同じ詩に惹かれた者どうし、私たちは、誰にも見えないかたちで、あのとき確かに出会い、そして今も、心のどこかで繋がっているような気がするのである。

# 意味の逆襲

自らが言い出したことに、思わぬ突っ込みが入って、話が不利な方向に展開してしまうことがある。こんなとき、「あー。墓穴を掘っちゃった」などと言う。私は、「墓穴を掘る」という慣用句を、こんなふうに自分を笑うことでしか使ってこなかった。

随分前のことになるが、第二次世界大戦中、ユダヤ人たちが、ナチス親衛隊員らに、自分がこれから入るべき墓穴を掘らされたという文章を読んだ。そのとき、「ボケツヲホル」という音が、底のほうから意味を立ち上げて、思わぬ恐ろしさで、私に来た。自分の墓穴を掘るということなのだ、これはいったい、どういうことなのかと、底知れぬ恐怖が言葉から湧いてきた。

墓を掘っているとき、彼らは、その行為の意味を知っていたのだろうか。知っていた、としよう。しかしその行為を止めたところで、殺されることに変わりはない。行為を止めず、掘り続けたとしても、そのなかに入って死ぬことは避けられない。どちらにしても、死ぬことがわかっている。

普通、行動はどのように起こされるか。自分のことを考えてみても、その源には、情けは人の為ならずの論理が働いてはいないか。ひとのため、神のため、詩のため、世のため、さまざまな大義名分があっても、ほんとうのところは自分というものからなかなか離れられない。自分の慢心をいましめようとして、靴のなかに石を入れたりするような自傷行為も、向上心、自分を愛する心から出ているものだろう。

墓穴を掘る行為は、こうした行為とは、決定的に意味が違う。そもそも、意志に反して自らの死を幇助する行為を行わなければならないとき、力というものは、いったいどこに入るのだろう。私は、こうした状況で、スコップをふりあげ、土を掘るときの力を思って、急激な脱力感に襲われた。

行為の意味を「考える」ということ、そのことが、すでに、「自分の死」を意味する場合、彼らは「考えないで」穴を掘るしかなかったのではないか。ただ、穴を掘るという、そのことだけに、意識を集中しなければならなかったのではないか。そのとき、その行動の構造は空洞である。穴を掘る、という表層の、目に見えるそのことの意味しかない。彼らはすでに、その時点で殺されている。

行動というものは、その行動を起こす、「発動装置」にささえられている。発動装置とは、いのちとかこころといってもいいだろうか。彼らは、考えることを奪われた時点で、すでにその発動装置を無効にされている。だから、そのときにすでに一度殺された。あのユダヤ人たちは二度殺されたのだ。

でも、私は、今このことを書きながら、そんなふうにして、考えないで何かをやったことがあったような気がしている。考えないほうがいい、そんなことを思ったことがあったような気がしている。組織のなかで働いていたころのことだ。それがなんであったか、うまく思い出せない。あるいは逆に、それをひとに強いたことはなかったろうか。こうして考えていくと、一九四二年のユダヤ人たちと、今現在の、私の日常生活は、つながっている、と感じるのである。

慣用句という、意味が水分のようにほとんど蒸発してしまっている言葉の連なりにその本来の意味が戻ってくるのは、おそろしいことだ。そのとき、言葉はむき出しにされ、私たちの前に何食わぬ顔で立つ。さんざん使い古してきたと思った言葉に、実は使われてきたのではないか、そんな思いが行き過ぎる。意味というものがニンゲンに仕掛けた、復讐劇のようである。

# てっちゃん

がらがらっと戸が開いた。玄関の敷居の向こう側に、背の高いスポーツがりの男の子が立っていた。小さな黒い目。にこりともしない。父が出てきて、その子に何か言った。男の子は頭を下げ「……」と言った。

言葉は何も聞こえなかったけれど、「こんにちは、初めまして」と言ったのだと思った。それがてっちゃんだった。

和歌山からその日、出てきたばかりで、父の材木店で働くことになったのだ。高校は中退。そして地元で、何かの事件を起こしてきたらしい。

ずっと後になって知ったのであったが、そのとき彼は、強姦の罪で訴えられていた。「こと」の最中、叢にハンカチを敷いたとか、敷かなかったとかで、当事者間では随分もめた、ハンカチを敷けば、「合意」という意味になり、罪は成立しなくなる……、こういうことは、あの無口なてっちゃんが、（大人たちにだけ）問わず語りに語ったことだった。

死んだ祖母はそのとき、「馬鹿からも学ぶことはあるものだ」と言った。私は八歳。もちろん、そんなことは何も知らなくて、ごはんのときも、相変わらず何もしゃべらないてっちゃんに、おこうこのきゅうりをすすめたりしていた。

そして、そんなときも、てっちゃんは、ありがとうでも何でもない。とにかく言葉の出ないひとだった。微かな目のうごきや頭の揺れ方で、私なりに何かを感じとるしかないのだ。そうするほかに、てっちゃんとの交信はできなかったのである。

言葉を出すことが恥ずかしいのだ、と思った。それ以前に、どんなふうに言葉を使ったらいいのか、わからないのだ、と思った。日本に生れて日本語が理解できるからといって、誰でも自分の言葉で思ったことを話せるというわけではない。

私もまた、言葉の出ない、無口な子供だったから、てっちゃんのことは、わかるつもりだった。私自身、何にもしゃべらなくても苦痛でなかったし、それは今でも、少しそうかもしれない。でも胸のところがだんだんに詰ってきて、それはまるで、ごみとか綿とか紙のようなものが、出口に詰っていくような感じで、それを少しは出さなくちゃ、どうにかしなくちゃと思う日も来るのだ。

　てっちゃんも、きっと、そうだったのではないだろうか。だいたい、あのころは、私も子供だから当たり前のことなのだが、世間話というものを、どうやってしたらよいか、わからなかった。それは今でも、少しそうかもしれない。

　てっちゃんはその後しばらくうちにいたが、結局、故郷の和歌山へ帰ってしまった。さよならを言った記憶もまるでなく、気がついてみればいなくなっていた。

てっちゃんのことは、ずっと忘れて生きてきたが、このあいだ、ふいに、あの暗い目を思い出した。そうして改めて思い返すと、三十年以上前、てっちゃんがいなくなったところに、確かに穴のようなものがあいているのだ。その穴を見つめながら、ふさがないようにしながら、そこから、こんな文章を書いてみた。

黒い小さな目は何を見ていたのか。

ただならぬ、存在の暗さを持った男の子であった。

# 難波（なんば）さんと競馬場へ行った

詩を書く難波老に連れられて、私は初めて競馬場へ行った。

「踏まれてもいい、くたびれない靴をはいてくること」、「駅で『1（いち）馬（うま）』という競馬新聞を買ってくること」

難波さんは、電話で（見ていないけれども）背筋をのばしながら、そのように命令した。齢七十の難波さんには、四十も下の女に馬のことを教える、不思議な縁の照れがあるようだった。

何かものを習うということの久しぶりの初々しさに、私も、なんだか照れてしまいながらも、そのような靴をはき、駅で『1馬』を買った。売店の筒から『1馬』を抜く時は、少しどきどきして得意になった。いばりたい気持ちだ。（いったい誰に？）

高校生の頃、学校の並びに場外馬券売場があった。ところは錦糸町。映画館や喫茶店、魚屋もあれば飲み屋もラブホテルもある。何もかもがごちゃごちゃにかき混ぜられた、いかがわしさナンバーワンの下町だ。そのなかにあって、馬券売場には、とりわけ異様な空気が澱んでいた。しかし、その場所にたむろする男たちをきらいではなかった。たむろしていながら、男たちのからだは、どれもばらばらばらで、孤独に見えた。連結しない、すきまの深さばかりが際立つ集合体なのだ。そして彼らの目の、なんという深さ、疲れ。目の奥がなにものかに、がっしりと捕まえられていて、その人であって、その人でないような心もとなさ。競馬新聞を読んでいる男たちは、とても遠いところに居るのであった。競馬場に、だから私は、馬ではなくて、あの頃見た男たちを捜しに行きたかったのかもしれない。

難波老も、そうした男たちの一人に違いなかった。競馬歴三十数年、小柄。神経を束ねてぎゅっと縛ったような、頑固と優しさの同居する人だ。西国分寺で待ち合わせて、武蔵野線に乗り換える。目指すところは、府中競馬場。難波さんは、相変わらず、ひらひら、ひょろひょろしていて、ふきとばされそう。しかし今日ばかりは目つきが頼もしい。筋張っていて迫力がある。少しお酒の匂いもするぞ。競馬と聞いて、すぐに、やくざなはぐれ者ばかりをイメージするのは、簡単すぎて滑稽だけれど、実際にはまっている人を見ると、それも又、壺を眺めるように、安心するものである。

師は見るところ、（何度洗濯しても落ちないような）少ししみのついた昔のシャツを着て、裾がひらひらしたズボンをはいている。上も下も、どこに行けばああいうのを買えるんだろう、というような時代もので、皺にならないとろん、とした素材だ。やくざだなあ、と、私は、いちいち根拠もなく感心した。

競馬場では、早速の手ほどきを受け、単勝、複勝、枠連、馬連の違いはわかった。わかったけれども賭けどころの核がつかめない。

「百円にしときなさいよ、最初はね」

難波さんはそういって、自分はものすごい金額をばんばん賭けている。人のお金なのに、私はふわあっと首筋がさむくなり、足が浮き上がった。ああ、賭け事の恍惚感って日常の神経が、ぷつぷつっと一本ずつ、切れていくような感覚なのではないかしら。

そして、いよいよレース。馬たちが直線コースにかかると、男のひとたちの声が、束になって、背後からうおっーと、のしかかる。わいてきたような地の声だ。私は聞きながら、内臓が移動するような、快感を感じる。

自分はここにいて、馬にたのむ、もはや自分のちからの及ばない世界に「希望」のようなものを派遣する……。賭けるということは、なんと寄る辺ない行為だろうか。たったひとりの、世界との綱引きだ。

綱の先端を馬が口にくわえている。もう一方の端を人が握りしめて。その綱は見えないし脆くてすぐに切れる。それなのに、その脆さに、投げ捨てるような金額を投資するのだ。大損をするのも、儲けることも、酩酊のふかさでは、同じくらいの恍惚感があるのではないだろうか。

そしてやってきた、ダービー。私は、ナリタタイシンという馬に心をひかれていた。小さいけれども、栗毛の美しい、そして、最後の伸びが抜群の、瞬発力のある馬である。難波師はラリーキャップという穴に夢を賭けたのだが、結果は二人とも大負けであった。

競馬を始めてから、まだ一度もさわったことがない（あたるのをさわる、というのだそうである）私に、その日難波さんはプレゼントをくれた。馬券が八枚入る、記入用のシートである。これがあれば、確かに書きやすいし、とても便利だ……。

プレゼントは、無造作な紙に包まれ、その表に、女弟子第一号におくる、ということばがそっけなく書かれていた。

「ぼくが死んでも競馬を続けてよ」

難波さんはしゃきしゃきして、まだまだ死にそうもないのに、その日は大敗して、ロマンチックなことを言った。

## いくつかの官能的なこと

キスシーンが始まるわけではないのだけれど、あごをしゃくられたことがある。ずい分前のことだ。大きな窓を開け放った一室で、夏の夜、小さなあつまりがあった。だれかが「月がきれい」と言ったのだ。窓枠のなかに家並と月。まんまる、というのではなく、すこしいびつで、たしかにきっと、いい月だった、と思う。顔をあげようと思った瞬間だ。

「月」

と、ただ、それだけ。まるで命令形のように男のひとが言って、（みるように）と、私のあごを急にしゃくり、くいっと月の方向へ、向かせたのだった。

突然、ひとにさわられて、いやでなかった。むしろ、ふしぎなエロティシズムをあごに感じて、今でも、なぜか、忘れがたい。

たった、それだけのことなのだ。しかしロマンティックな乱暴だった。

そのひとを、きらいではなかったけれど、それ以来一度も会うことはない。からだは、ふしぎなことを覚えているものだ。

あごに触れる、触れられる、という、そんな小さな接触でも、きもちの底に何かが届くと、それは画鋲のように、からだにいつまでも止められて、たしかな、深い、一点の肉体関係になる。こうした関係に比べれば、裸で抱きあうということなど、なんだろうか、と思ってしまう。

あごというところは、そもそも、何か、そのひとの方向性、というようなものが、うっとり、ねむっているような場所なのだ。あごをつかまれ、月の方角へ向かせられたその瞬間、なんだか目のさめるような思いをした。

私たちは日常のなかで、本当は、こんなふうに、急にまがりかどをまがったり、まげられたりすることを、時々欲しているのかもしれない。

ロマンティックな乱暴といって、私がもうひとつ思いうかべるのは、ひとの口元に、食べものをほうり込む、という動作である。

かつて読んだ短編かエッセイに、男が歩きながら、むいた甘栗をひとつ、ふたつ、女の口元にほうり込むという場面があった。二人の距離は、そのことによって、きゅうに接近するのである。もし、嫌いな人にされたら、即座に吐き出してしまうだろう。

大分昔だが、リーベンデールという雪印アイスクリームのCMにも、こんなシーンが。

男に向って怒りながら、しきりに何かをしゃべり続けている女の口元に、突然スプーンにのったアイスクリームがすべり込む。その瞬間、彼女は、ぱたっと黙ってしまい、二人の間の空気が柔らかくなる。男の人は、腕から先だけの出演。

仲直りが一応成立したようだ。

用意のない所へ、ふいに訪れてくるものは、思わぬ力をもってしまう。

この場合、意外性と小さい暴力は、エロティックな関係に味方している。

最初から、「はい、口あけて」と言われていたのではだめだろう。

そうして、お互いのきもちの底に、ながれているものがあれば、愛情は、肉体という具体性の器に、きれいに、すがたを映してくれる。

私も、そんなふうに、人とむすびつきたい、と思ったものだ。

「詩」という場所で、いつも自分の底を、ふかく掘っていくような作業をしていると、時々、他人の力によって、自分にゆさぶりをかけたくなる。外から加わった力で、自分がゆれているのを眺めてみるのも、きらいでない。

はなしをからだに限っていえば、あごとか口元とか、そうした身体の一部に加わった力が、ふしぎな浸透力をもつことが、おもしろい。

身体の一部を、人に〝信用貸し〟しているような感覚は、私にとって、快感である。貸してもらう快感もあるだろう。

一度だけ、男の人の髪の毛を切った（切るはめになった）ことがある。

髪のうしろを、はさみでそろえる程度のことだったが、大げさにも、そのときは、そのひとと、ひとつ、関係をすすめてしまったように思ったものだ。彼の身体を、ひどくなまなましく、身近に感じて。

刃物が介在していたことも関係するのだろうか。どちらにしても髪を切るというのは——というより、そもそもひとの頭髪にさわるという行為からして、なまなましい越権行為（愛情表現）だとは思う。

はさみを入れ、〝じょりっ〟という髪の切れる音を聞いたとき、

「傷を入れさせてもらいました」

という感じの肉体仁義をかわしたような気さえした。

頭髪を触ることが禁忌となる民族があるらしいが、確かに「頭部」というのは、特殊な意味を持つ場所ではないかと思う。

あるとき、親しいひとが、本を読んでいる私の側を通りすぎながら、私の頭になにげなく、掌を置いた。そのとき、なんというか、とても

神聖で特別なものが、頭に降り立った気配があった。そのやさしいものは、頭部から身体のなかにしみ込んで、じんわりゆっくりと下降していった。どんなことばも届かないところを。

私は文字を追うことを止め、その気配を身体で味わった。観念やことばが、島の周囲をめぐって、ついにたどりつけないまま、疲れて帰ってくるところは、こういう、素朴な身体感覚かもしれない。

猿山の猿が、のみとりをするように、たとえば、髪を切ってあげたり、しらがをぬいてあげたり。そういう形で、他人の肉体に参加するのは、ちょっと、ゆたかなことではないかしら。

あごにふれた指も、髪が切れた音も、いつかは忘れられ、記憶の下へねむりにいってしまうのだろう。書くこととは、すべて、そうして、滑らかになろうという自然を、わざわざ、毛ばだたせて、ささくれを作るようなものなのだろうか。

微細な、それらの感触を、けれど私は、どこかで「忘れないように」と思っていて、きょうはあわてて、箱づめにするようなきもちで、こんな文章を書き始めてしまったようである。

# 田村家の玄関

　ある日、田村さんの家に行った。

　田村さんは東京・佃の生まれ。髪の毛のうすい軽薄な酒飲みで、その上、口が悪く、いいかげんなところがある。いいかげんに加えて、いかがわしいところもある。しかし、ひとつだけいいところがあった。

　それは類のない笑顔である。

　五十を越していると思うけれど、その笑顔はどこか、かわいらしく、いじらしい。そして、かすかに、いじましいものが混ざる。結局悲しそうで寂しげである。人間というより、珍しいイキモノが、悲しみをくしゃくしゃにまるめたような顔！

女の人だったら、そのくしゃくしゃを、のばしてあげたくなるかもしれない。行ったことはないのだけれど、イタリアの田舎に、こんな、深い笑顔のひとが住んでいるかもしれない。

その田村さんの家に、みんなが集まって、年に一回、ジャズを聞くのである。

田村さんの家は、東京・神保町の高いビルのてっぺんにある。ドアをあけると、奥の方から人の話し声や笑い声がした。玄関は、さまざまな人の靴でいっぱいだ。

靴のあふれた玄関はあたたかい。それはしばらく、見ほれてしまうような風景である。

持ち主はそこにいないのに、靴の姿を見ているだけで、足の裏から順番に、履き手の顔までが想像される。

玄関で留守番している靴のおおかたは、くたびれて弱ったものたちである。

持ち主たちは、元気に飲みながら、笑いあっているけれど、魂のほうは、脱いだ靴のようにくたびれているのではないかしら。

私は玄関につったって、犬のように、なつかしい人間のにおいをかいだ。

私たちは、時間というものに触(さわ)れない。けれど、ものたちが、時間の肌触りを、もの自身の表面に写しとって見せてくれることがある。たとえば、この、玄関の靴のように。

靴を脱ぐとき、私はいつも不思議な感覚にとらわれる。普段は脱がない、よけいなものまで脱いでしまうのではないかと、恐怖にも似た、かすかな違和感が走るのだ。

靴というものは、私たちの自我を守り、包んでくれているものなのだろうか。

足、ことに指先はまた、エロティックな場所でもあるから、私の場合、親しくないひとに裸足を見せることには、抵抗がある。恥ずかしいと思う。それと同じように、脱いだ靴を見られることにも、恥ずかしさがあるのは、そこに、魂の領分に近いものが、残留している気配がするからだろうか。

そんなことをぼうっと考えているうち、あの、どこか寂しげで極上の笑顔の持ち主が、少なくとも、この靴の数だけは、友人をもっていることに、はっと気がついた。

母親でもないのに、なぜか、ほっとして、私もようやく、自分の靴を脱いだのだ。

# 洋菓子店の客

浅草にある「アンヂェラス」は、喫茶部のある、古い洋菓子店である。店内は茶褐色の木の作り。テーブルや椅子の古傷も、飴色の光りに柔らかく照らされて、少し前の時代に迷いこんだような気分になる。

ある日、窓際の明るい席で、一人の老人と五十くらいの女が、にぎやかな会話をひろげていた。

女は、毎年この近くで行われる、靴のビッグバーゲンで、何足もの靴を買ったようである。

「買った靴は、すぐに履いて帰るのが好きなのよ」

老人に向かって微笑むと、今度は店の者に

「あ、はさみ貸していただける？」

と、値札を切り取るためのはさみを頼んだ。

袋のなかからは、次々と、靴の入った紙箱があらわれる。その蓋を開けては閉め、開けては閉め、ついに目当ての靴が出てきた。真っ赤なハイヒールだ。

「一番気に入ったのが、一番下に入ってたわ」

老人は、女が何を言っても、うん、とか、へえばかり。碌な返事をしないけれど、もともとが無口なひとなのだろう。つめたいというのでなく、眼を見ればおだやかで、まわりに川風が吹いているような感じだ。

それは女のほうも心得ていて、川風に独り言をつぶやく風情。確かな返事が返ってこなくても、いっこうに気にする気配もない。

偶然近くの席に居合わせたわたしもまた、次第に、対岸から、川をはさんで、そんなふたりの風景を、楽しむ気持ちになってきていた。

それからひとしきり、誰がこうした、ああした、それでどうなったと、相変わらず女のほうがしゃべり続け、老人もまた相変わらず、

「ほお」

とか
「へえ」

とか
「ふん」
とか
「そう」
とか、雨漏りの音のような相槌を打っている。夫婦ではない。恋人でもない。むかしの仕事の仲間かもしれない。
女は目鼻が顔の全面に散らかったような雰囲気で、それが愛らしく、いそがしい感じだ。
老人は小柄で敏捷そうである。立ちあがったとき、肩が大きく左右に揺れた。片足がなかった。

# 蕎麦屋の客人

蕎麦(そば)を食べよう、ということになると、いつも足の向く一軒の店がある。店の名前は知らない。あの角の、おいしいところ、という定義で、決まりである。値段は少々高めであるが、蕎麦の歯触りは、すこぶるよし。鴨南蛮、揚げ餅うどんなどの定番の他に、蕎麦がき、蕎麦寿司、蕎麦まんじゅう、蕎麦ようかんと蕎麦づくし。

数年前、いろいろないきさつから、私は夫と別々に住むようになった。ときどき会っては食事をしたり、コーヒーを飲んだり。兄弟姉妹、ということばはきれいすぎるが、困ったことに、私たちはそれ以外の言い方で呼びようもない。しかしこれはいったいどう、始末をつけたらいいものか……。

まわりの心配をよそに、そういう私たちの関係は、イイキに、呑気にブランコに乗っていた。しかしブランコから降りてしまえば、広い公園で、私はたった一人だ。ブランコの方もまた、人を降ろして、自分の揺れをおさめきれていない。

そうしたある日、蕎麦を食べよう、と私たち二人は蕎麦屋へ行った。土曜日の午後三時。店内は中年の女性一人客、九人くらいの快気祝いの老人たち、妙齢の男女二人組などで、ほどよく混んでいる。

蕎麦屋と老人って、それぞれが支え合っている風景みたいだ。老人のいない蕎麦屋は寂しい。昼下がり、老女が一人、かきたまうどん、なんて、いいな、と思うし、夕方近く、男の老人がふらりと一人、盛り蕎麦をつまみに酒を飲む、など、風呂屋の富士山で、よっ、そばや！　と声もかけたくなる。今のところ老人ではない私にとっても、蕎麦屋は妙に腰の落ち着くところである。椅子にかける、蕎麦をたのむ、蕎麦を食べる、蕎麦湯を飲む、金を払う、店を出る、その一連の行為の流れは、生まれる前から、刷り込まれていたみたいに、私の身体を血のようにめぐっている。

「鴨南蛮」

「地獄」

「三色」

と、私たちは席について、さっそく注文。

「地獄」というのは、ツユがほとんどなく、なまたまごとおかかがたっぷり入った逸品である。すさまじい名前がついているのもよい。

「三色」は、季節の盛り蕎麦だ。ゆず蕎麦、胡麻蕎麦、田舎（極めて太目の蕎麦）の三種類。これはたいそう、涼しい味がする。

隣のテーブルには、いつしか、瀟洒な老人がいて

「蕎麦がき」

と一言、無愛想に言い切る。

私は男の人たちがたくさん集まる、おかわり自由の定食屋や、立ち食い蕎麦屋にも、平気で一人で入る女であるけれど、食べ物の注文の

仕方では、勢い負けして、女子供をいつも実感する。

いつか、夏の昼下がりの蕎麦屋で、

「こびんいっぽん」

と注文した、男の声の涼しかったこと。

「はい、こびんいっぽん」

と注文をうけ、

「こびんいっぽん」

と奥の調理場へ声を渡す。

「こびんいっぽん」

という涼しい声が、男から男へと、次々と手渡され、夏の、ほの暗い
蕎麦屋の板の間も、ひんやり冷えて、目に心地よい。

そんなことなどを思い出していると、

「ちなみにねぇ、おねえさん、蕎麦がきをたのむ人は、あんまりいないでしょう、やっぱり、あれですか、年寄りが多いでしょうね」

さっきの隣の老人が、若い店員に話しかけている。話しかけている、というよりも、自分が話したくて、答のわかっている質問を大声で公開しているようである。目下のものにも丁寧な話し振り、これはきっと、商人に違いない。

店の人を、おにいさん、おねえさん、と私はまだ呼べない。いつからこういうことに慣れていくのだろうか。慣れたくない、と言っているわけではないが、不思議な垣根を越えるがごとく、おねえさん、と自然に呼ぶ友人をみてから、見えない垣根を、手探りしているのだ。

するとまでが、

「おねえさん、お茶ください」と呼びかけつつ、

「あれ、おねえさん、だって、さ」と自分でびっくりしている。このひとも見えない垣根を、今、いつのまにか、飛び越えてしまったようだ。


瀟洒な老人は、そのことばをつかまえて、さっそく夫にあれこれ話しかける。話はいつしか、人生論へ……。

「いい女房をもらえば人生、それだけで、幸福ですよ、ほれた、はれたじゃないんだよ」

「あんたたちがどういう、あいだがらか、こっちは知らないけれどね、あんたたちは、似合いの夫婦になるよ、混ざり合うと、ほんとにいい

子が生まれるよ」

老人は品川の質屋のご主人とのこと。人をたくさん見ているから間違いない、と言う。この店の蕎麦がたいへんおいしいので、品川からときどき食べにくるそうだ。行き倒れになることをいつも考えて、大枚を懐にごっそり入れている。

「ほらね」

と見せてくれた財布のなかには、二センチメートルくらいの厚みのお札がきっちり。

「この人を逃すと、あとは見つからないよ」

と、夫に私を、売り込んでくれる。別居していることをつい言いそびれた。

大正生まれの、この老人が若いとき、同じような老人が蕎麦屋にいたらしい。私たちも、いつの日か老人になって、今の私たちのようなものを眺めるのだろうか。

品川の質屋さんは、いいかげんなことを言った。しかし、どこかなつかしい小柄な食べ姿は、蕎麦屋に立ち寄った、小さなお地蔵様のようだ。

「この人を逃すと、あとは見つからないよ」

そうかもしれない、と私は思った。

# チェンバロの夜

チェンバロを聴きに上野へ行った。奏者は、曾根麻矢子という女人である。

チェンバロの音が大好きだ。ひとつの音が、すでに数本の音の「束」である。枯れた野草の花束である。繊維質のその音を聴いていると、ファイバードリンクを飲むがごとく、便秘がすぐに直りそうな気がする。ピアノの音は石の階段。それは強固な自我を連想させる。

＊

フェルメールという画家がいる。子供の頃、家にあった古い画集で見たのが始まりだった。

大人になってから、ようやくその画を描いた人が、フェルメールという名前であることを知ったのだが、そのときは少し努力して、その名前を覚えたのを記憶している。その努力を、ばからしいと思ったことも記憶している。

絵が好きだった、たったそれだけの手ぶらの気持ちが、荷物をもたされた不満だろうか。固有名詞という、流通する記号を手に入れたことで、それが「知識」としてうずもれてしまうことへの微かな抵抗だったろうか。

格子柄の床に窓から光が差し込んでいる絵、モデルを描く画家の絵など、いつまでたっても見飽きない。絵のなかの光やカーテンに、ほこりっぽさがあるのがすばらしいとおもう。

何もすることがない、子供の頃の午後。ぼんやりしていると、空気のなかに光線のぐあいで、たくさんのほこりが舞っているのが見えた。ほこりとは何か。それはどこからやってくるのか。これは案外、てつがくてきな問題だ。

大人になった今も、たいへんよく晴れた日曜日の昼頃など、掃除をすませたばかりの清浄な部屋に立ち、ぼんやり宙に舞うほこりを見ていると、はかないものに手が届いた気がする。「永遠」のこぼれかすみたいなものが、ほこりのなかに混入しているのを、盗み見たような気がすることがある。

　フェルメールの絵はまた、私にいつも糞尿の匂いを想像させるのだ。洋服やカーテンのひだの多い分厚い生地に鼻をあてて、くんくん匂いをかいでみたい。分泌物のむっとするすっぱいような匂いが、そこからたちあがってくる気がするのである。そしてそれは、この画家の絵の表面を覆う、清潔な空気感と少しも矛盾しない。

　バロック音楽の時間のきめは、フェルメールの絵に流れる時間とよく似ている。人間はもっと、なつかしく、かわいらしく、残酷で、ほこりにまみれ、糞尿のにおいを身につけている。どこか、乾いて容赦ない感じの光と空気が、部屋をおもたく満たし、彼ら人間を包んでいるのだ。

演奏会では、バッハのほかに、スカルラッティやソレル、ラモー、ケルルの曲が弾かれた。これらはすべて、初めて聞くものばかりだったが、途中からはっとして、最後まですべてすばらしかった。

これらの音楽が初めて鳴った頃の時代のさびが、ぱらぱらこぼれて降ってくるようだ。


舞台の奏者はかわいいが笑わない。媚びがない。ひややかだ。そっけなく見える。一曲弾き終えておじぎをした後、舞台裏にひきあげる背中に驚いた。満月のかたちに、おおきくくりぬかれた衣裳であった。背中中央の線の窪みが、遠目にもくっきり、はっきり見えて、その線がなだらかに下降していき、やがて尻を二分する優雅までも思わせる。そんな具合なのに、彼女の弾き方は、あくまでも熱心な仕事士の風情。工場で働いても似合うに決まっている。

そして、チェンバロのリズムの揺れ、ねばり、よどみ、つまずきも美しい。急流を呼び込んだり、自ら流れ出たり。なめらかなだけの音楽ではなくて、流れのなかに、はっきりとした小石の抵抗感がある。にぎやかな音なのに、芯は孤独でさびしい音がする。私は北村太郎の詩を思い出した。

ある夜わたくしはラジオで
チェンバロの独奏を聴いていた

スカルラッティやバッハや
シャンボニエールの曲をやっていた
どれもたいそうよかったが
チェンバロの音ってどうしてこんなにすばらしいのか
聴いていて涙が出そうになった
にぎやかな悲しみとでもいいたい音だった
一曲おわるたびに
聴衆の拍手が聞こえたが
小さな演奏会場らしく
あらしのようでないのが快かった
みんなチェンバロが好きでたまらない人たちなんだなということが

すぐに分かった

（「ピアノ線の夢」より冒頭部分）

曾根麻矢子は三曲もアンコールを弾いた。そっけない人だが、チェンバロを弾くことを愛しているという感じだ。

＊

ある日私は、昭和女子大学の前から渋谷方面に向かって走っていく、自転車の男を見た。皮膚の表面はひどくただれ、まぶたをもちあげ目をおおい、ほほには一面の吹き出物、そして口の横に、巨大な舌のような突起物ができていた。あっと息がとまった。一瞬のことだった。

前方をがっしり睨みつけながら、男は去っていった。物凄い速さで。ごうごうと通過する歳月のような、それを見た者が一度に年老いるような、強靱な醜悪、圧倒的な「力」。

チェンバロを聴いた、輝く野性の夜を思い出しながら、頭のなかで、私は男とチェンバリストを並べる。

あの顔面の巨大な突起物に触れようとする指……。唐突だけれど、あの夜の曾根麻矢子は、そんな指先をもっていたのではないか。

# 緑色の目の女

デイヴィット・イグナトー

訳　沢崎順之助

## 昨　夜

昨夜緑色の顔の死んだ女に話しかけた。
女は生きていたときは誠実な男と暮らして
楽しかったと言った。男もその場にいた。

彼女のそばにいたが、ぼくと同じ背丈で、
ぼくに似たやさしい動きをしていた。彼女が息をしたのは、
地下室での彼女の暮らしを
語って聞かせるためだったが、そこは
掘り返したばかりの土の湿った匂いがした。夫はやさしく、
彼女はタイピストとして毎日働き、
家に帰って料理をする。
夫との暮らしは楽しい、
夫は親切だ、彼女は夫の手を握って
言った、「こんどこの地下室を家にしたの。
わたしはタイピストの仕事をして、かれは

音楽の勉強をしているの」。彼女は死んでいた。その口調からして
彼女はそのことを理解しており、ぼくを
緑色の目で見つめた。

（D・W・ライト編『アメリカ現代詩101人集』より）

この詩を読むと、「緑色」という色が、残像となって眼前に残る。緑は性格のつかみにくい色である。犯罪被疑者をクロとかシロという。疑わしい場合は、灰色などという。この延長で緑を考えると、この色にはどこか、精神犯罪の匂いがする。

緑が好きで、緑の服しか着ないので、生徒から「みどりちゃん」と呼ばれていた男の音楽教師がいた。この色には、人をひきつけ、狂わ

せるなにかがあるのだろうか。

植物とほぼ同じ意味を伝えることから、生命や繁殖を容易に連想させる色でもある。わたしのなかにもまた、なにかをふやそうという欲望、生きようとする欲望がはっきりあるけれど、その行く先は、死に繋がっている。この色のなかにも、生と死のように、中心から反対方向に向かって走り出すふたつの力がはたらいていて、それが緑を混乱させているのか。

この詩の一行目は、緑色の「顔」をした死んだ女に語りかけるところから始まる。緑といっても、ほとんど「苔色」を連想させる、おぞましい死者の色である。「掘り返したばかりの土の湿った匂い」とあるので、彼女は土の下に埋められているようだ。すると緑色の顔というのは、土のなかの苔のはえた死体のことなのかもしれない。ぞーっ。ところが、この緑色、最終行では、「顔」ではなくて、いつのまにか「目」の位置に移行しているのだ。緑の目となると、「苔色」などでなく、澄んで生き生きとした、生者の色を想起させる。彼女は生きて、そこにいて、私をじっと見つめているように見える。しかし、彼女はやっぱり「死んでいた」。「緑色」という観念が、イキモノのように、生と死のあいだをふらふらと動いている。

唐突だが、わたしたちは「土踏まず」という場所を足の裏に持っている。この詩を読むと、その土踏まずのところがすうっと寒くなるのであった。

# 人殺し

人　殺　し

「こんなことをした女と一緒にいて怖くない？」

「怖くないよ」

「結婚してよかった？」

「楽しかったよ」

新聞で、文京区の女児殺害事件の公判記事を読んだとき、心に残ったので切り抜いておいた。メモ帳にはさんでおいて、そのまま忘れていたが、きょう、その切り抜きがひょっこり出てきた。

これは、ある主婦が、互いの子を通して親しくつきあってきた家庭の女の子を殺してしまったという事件で、その子のお母さんとのつきあいにストレスを感じていたらしいという報道がなされたところから、「お受験」殺人かと騒がれたものだ。

冒頭の会話は、殺人を犯した妻が自首する前に、皇居周辺で夫と長時間にわたって話しあったときの様子。

「どうしてこんなことになったのか、わからない」という妻に対して、僧侶である夫は、「問い詰めても仕方ないと思った」と語っている。

裁判長は、この夫が妻に、殺人「理由」を問いただささなかったことが、どうしても理解できないようだ。「夫婦の間で真実を知っておきたいという気にならなかったのか」と何度も問うている。「くどいようだが」とまでいって、「仕方ないと思った」という夫の発言に首をかしげている。

短い記事なので、わからないことのほうが多い。それでもここから感じることは多い。

妻の悩みにも気付かなかった、鈍感な夫としてやや批判的に書かれている記事の論調。でも、私がもし殺人を犯した妻だったら、この夫の言葉に救われるかもしれない。

「こんなことをした女と一緒にいて怖くない？」

ここで彼女がいう、「怖い」ということはどういうことなのだろう。

もし、ここにひとを殺してきた、というひとがいたとする。そのとき私は、そのひと自身を怖いと思うだろうか。
①ひとを一人殺したくらいのひとだから、私も殺されるかもしれない。だから怖い。
②ひとを殺すなんてそんなことをするのは、その一瞬において異常なひとだ。私にはできない。わからないひとは怖い。だから怖い。
③そのひとに、ひとを殺したという兆候が、ひとつも残されていない。いま、ひとを殺してきた、というその言葉以外は。それが怖い。
このなかでもっとも怖いのは、③ではないか。そのひとが、ひとを殺したか殺していないかの違いなど、見ただけではわからない。殺意というものが私の内部に着火して、肩から上の顔が、いつ、どこで自分と入れ替わっても不思議ではないと感じられる。私がいつ殺人者と

なっても、おかしくないということだ。

以前、悪徳商法の豊田商事事件で、同グループの会長であった永野というひとが住むマンションに、男二人が窓ガラスをわって侵入し、会長をその場で刺殺したことがあった。その場には多くの報道陣がいて、侵入するところと、なかで殺して出てくるときの瞬間をテレビカメラがそのまま映し出していた。

私は、何度かその場面を見た。たくさんの番組で、繰り返し報道されていたからだ。怖かったのは、侵入する前の彼らの姿である。ああ、このひとたちは、この何分後かにひとを殺す。再放送なのだから当たり前のことなのだが、それを一瞬忘れて、非常に怖かった。殺されるということが、私にあらかじめわかっていること、そしてそれを見ていることが、非常に怖かった。

　そのうえ、ひとを殺す前とひとを殺してきた後で、彼らはまったく同じ彼らなのだった。続いているのだった。それもまた、大変怖いことであった。

「怖くないよ」

　いま、目の前にいる、一人の女は、ひとを殺したといっているが、その彼女は、長年、彼とともに、暮らしてきた女だ。昨日の女、一昨日の女と何の変わりもない。それを怖いということは、その連続性を否定することになる。殺人の抽象性が怖いのであって、彼女という具体的人物が怖いのではない、そんな気がする。この夫は、妻が殺人を犯した前後において態度を変えていない。いまだ、塊としての夫婦である。

検察官も裁判官も、裁く側が、殺した理由を説明せよ、というなかで、この夫だけが、「問い詰めても仕方ない」として、妻を、罪そのもののなかへ、闇のなかへ送り返している。妻は、この闇のなかで、この先も自分の為したことを考えていくだろう。

ひとを殺したとき、物凄い力が人間のなかから出たはずだ。いま、その力という力が抜け落ちてしまって、妻も夫も、せみのぬけがらのように脱力しているのではないか。冒頭の会話は、そんな脱力後の、どこにでもいる人間の懐かしい会話である。

よく、夢のなかでとりかえしのつかないことをして、ああ、夢であったら、と思いながら目覚めることがある。ああ、夢でよかった、と深く安堵しながら、しかしその安堵感には、いつもどこか一箇所、ふき忘れたようなところがある。本当にそれが夢であったのかどうか。何かとんでもないことを深く忘れていて、思い出せないままずっと生きているのではないか。ときどきそんな不安感にとらわれる。

# 真夜中の花と不思議な時間

思いがけず、詩集に賞をもらい、その夜はたくさんの花束をかかえて帰ってきた。真夜中、ふと目をさますと、花はまだ、咲いている。なぜかぞっとしてその恐ろしさに、花と花でないものを見分けるようにして、暗闇に目をこらした。

花と目があったように感じたが、花は別に、寝ている私を見ていたのではなかった。そして、「一度開いた以上、閉じるわけにはいかないわ」と、焦点の定まらぬ目で、一心不乱につぶやいたようだった。

明日には首をたれて、萎れてしまうのかもしれないのだ。

どの花も、もはや土につながる根をもたないで、冷たい水に切り口をさらしている。それなのに、途中で摘み取られてきた薔薇のつぼみが、まだ、一層生きようとして花弁に力を込め、その気配が、周囲の空気を動かしているのがわかる。そのせいで、部屋はいつもより不安げにゆれていた。


私は怖くなり、こうしたときは、人としての身分を捨てて、花の一族にそっと加わったら、楽しかろうと思った。不眠の花たちは、恐ろしくておかしくて毒に満ちた会話を交わしているに違いないのだ。なれるものなら枝ものがいい。どちらかというと、華やかな花よりも、枝そのものに、こころひかれる。遠慮がなくて孤独な伸び方に、いつも目が、洗われるのだ。

＊

それにしても、切り花というものは不敵なものである。土から離れ、一個の生命としては、死を迎えているのに、その細胞はまだ生きようとしている。切断されたことに、気付いていない、とでもいうように。そのせいか、生け花には一種、残酷な匂いがする。そして、この芸術は、人の眼がなければけっして成り立たない。自意識の固まりのような花を観賞しながら、私たちが見ているのは、実は、自分の「自意識」のようなものではないのか。

それで思い出すのは、勅使河原宏監督『利休』という映画の一場面である。

秀吉を迎えるため利休は、茶室に至る道に咲いている花という花をすべて摘み取ってしまう。そしてそのなかから一枝だけを残し、茶室にそれを生けるのである。

こうした犠牲のなかで咲く一輪の白い朝顔は、恐ろしいほど美しかったが、自我の象徴のようにも見え、何か、解決できないものが残った。摘み取られた花は、残された花にどう、力を与えているというのか。見えないものと見えているものとは、この世の中で、どのように関係しているのだろう。

＊

それから、花のなかで、私がことに興味をひかれるのは百合のたぐいだ。性の力を思わずにはいられない。あの清楚の代名詞のような白百合でさえ、よく見るとこれほど毛深く獣くさい花はない。山百合、鬼百合は、なおさらである。しっぽを隠し持っていそうだし、蠅くらい平気で食べそうであるし、花粉もたっぷりと強烈である。山肌のひどく危険な箇所に咲くことも多いらしい。どことなく、公序良俗に反した花である。

ある種の淫靡さを押しつけるようなところもあって、時々その抵抗感を味わいながら、じっくりこの花を見つめてみたくなる。鬼百合を見ていると、見る者の「いのち」が開いていく。見る者の「性」を、立ち上げるような花なのである。

＊

真夜中の花を、私はなぜ恐ろしく思ったのだったか。その花は、昼間の花でなかったから。その花のまわりには、いつもと違う時間が流れていて、それを私が盗み見てしまったからだろうか。

私が目をはっきりと見開いているときのみ、世界はあったはずだ。しかし、真夜中、目をさますと、世界は確実に、私の知らないところで進行していた。そのことがもたらす恐怖かもしれなかった。眠りがふととぎれ、目を開いたとき、時間が私の横を静かに流れていくのがありありと見えたのだ。

時は私に触れず、私を迂回して（私というより、生者を迂回して）、まるで無関係のように流れていった。けれど、その時の流れと私は、いつまでも無関係とは、思われなかった。私もいつか、あの流れのなかに統合されていくのではないかと思われた。

それは、私が死んだときだろうか。そしてそのときも、見知らぬ誰かが、真夜中に目をさまして、時の行列を見送ってくれるだろうか。野辺送りのように。

「笠へぽつとり椿だつた」（山頭火）

戴いた賞はその名も、花椿賞という。その夜は、花粉にまみれたように眠った。

しかし、その日の夢のなかで、私は花でなく、古い温泉場の一匹の蛾であった。花粉は鱗粉に変身したのだ。

秋田に旅をしたとき、蟹場温泉で見た、黄色い大きな蛾が忘れられない。湯気にくもったがらす窓に、はりついたようにとまっていた。生きているのか、死んでいるのか。悠然と孤独で美しかった。

花でない、枝だ、花でない、蛾がいい、そんなことを思うと、朝が来ていた。

# 『私』の領域

ある朝私は、一匹の蠅の、ぶーんという羽音で突然目が覚めた。そして不意に、「私がいる」ことに驚いた。まるで、天井から落ちてきたナイフのように、素早く身につきささった恐ろしい直観。あれは確かに、蠅が知らせてくれた、私というものの存在のようである。

普段の私は、どこという空間の衣、いつという時間の衣、誰という名前の衣、いくつという年齢の衣、どこで生まれ、何が好きか……というような、様様な経歴や記憶、嗜好の衣をはおっている。幾重にも、属性の衣を着込んでいるのである。だから、あの、蠅によって知らされた「私」は、私自身にも痛いと感じられるような、すべての衣をはぎとった丸裸の私。誰でもなく、どこでもない、いつでもない時間のなかにいた、「私」なのだ。

この私を、これから綴る文のなかで、二重かぎ括弧の『私』と表記してみたい。このような『私』を、私は普段、意識していない。意識していない、というより、自分の内側から『私』を意識することなどできるのか。蠅の羽音によって、『私』の存在が私に気付かれたように、外界との衝突なしには、私を認識することはできないと思う。

つまり、他者や対象との出会い（衝突）がなければ、自分というものとも出会えないということだ。だから、本当の意味での自己の発見には、常に、他者が関わりあっていることになる。他者（対象）との出会いがあるところに、自分自身の発見もあるということである。

文を書くという作業のなかにも、同じような仕組みが感じられる。あれを書いてみようかなと思う、テーマとの遭遇。あのひとのこと、あのときのこと。もしかしたら、すべての文章の無意識の目的も、「私自身の発見」というところにあるのかもしれない。それではそもそも私は、どのようにして文を書き出しているのか。書くずっと以前に、私はまず、見ることを始めている（見るというのは、実際目の前にあるものを目で見るということは勿論、対象がそこに現存しなくても、そのことについて考えるということも含んでおきたい）。

日常生活において私たちは、表面を流れる情報の類に翻弄され、驚くほど、ものやひとを見ていない。それらの深部に行きつこうとする視線や思念を、様様な媒介物が邪魔をするのである。低劣なうわさから、情報の類、時には知識というものも、使い方が悪ければ「見る」ことを遮断するだろう。

邪魔な媒介物を払いのけつつ、ものを見ていくために、私は書くという作業を必要としているようだ。そのなかでは、原稿用紙たった三枚にも、膨大な時間を入れ込むことができ、対象物を深く見つめていくことが必要とされる。そもそも一つのものやことを、長い間じっと見つめているのは尋常なことではない。分かったつもりになって目をそらす方がずっと簡単だ。じっと見たり考えたりするのには、「みずみずしい感性」などでなく、むしろ愚鈍な牛のような神経が必要だ、と思う。

さて、そのようにして書いている途中で、普段見えなかったものを発見したような気持ちになることがある。発見というからには、もともと事物に内在していなければならないが、あったかどうかは、本当のところわからない。しかし書くことによって、私とそのものの関係が変化したということははっきり言える。書くことは、事物に新しい価値を付与し、新しい関係を結ぶことである。ものを見、書くことによって、逆にものから照らされた自分を発見するということである。

ものとの関係を推し進めていくと、このように、あるとき、書こうとする対象物から、自分が見られているような気がすることがあるのは不思議なことだ。テーマはあたかも、いつも自分が探し出してきたように思えるのに、実はこのように、テーマ（対象）のほうから私が選ばれているように思われる。

しかしこのエッセイは、依頼されたものであり、当然、他動的なテーマの設定がある。当初のテーマは、「文章における『私』の位置」というものであった。しかしこれはまさに、与えられるしかないテーマである。私は私の位置などを考えながら、文章を綴ることはできない。自分を意識し続けて文を書くことは、文の死を意味するようにも思われる。文の運転手が私でなく、文自体であるとき、私はもっとも自由を感じる。そのときこそ私は、私自身でいることができるだろう。

書く前に、見ると私は書いたが、この見る段階から、通常の「私」、小池という「私」は融け始めているように思う。見るということは、そのように、快楽があるが恐ろしい体験である。たとえば一つの漢字を見続けていると、漢字のつくりやへんがばらばらに解体していき、見たこともないような字になることがある。漢字そのものが融けるわけはないので、そのときは「私」が解体しているのかもしれない。「私」が解体していくと、あの誰でもないところの『私』へと、変容していくのか、どうなのか。

また、花でも空でも、虫でも、ものをじっと見ていると、いつしかそこに、私自身を見るような気がすることがある。見ている私と見られているもの、主客が混ざり合うような感覚だ。このときも確かに私が融けて対象物と一体になっているといっていいのかもしれない。

私はこう思う、私はこう考える、私はそもそも、そのように「私」を使うことが大変しんどい。少なくとも、現在のところ、「私はこう考える」という文章においては（これもそのひとつかもしれないが）、自分のことばにどこかこわばりがあり、自然な流露とはいえない人工性を感じるのだ。これはいま、ここで深入りはしないが、言葉と身体の関係、あるいはまた、女性性と思考の問題として、今後、考えてみたいと思っている。

ところで、自分で書いておきながら、自分の言葉に驚くということがある。こんなことを書くつもりはなかったのに、思わぬものが出てきたという体験は、書き手なら誰でも身に覚えがあるだろう。それこそは書くことのよろこびである。驚くということは、自分でないものに触れるということだ。自分が書いているのに、これは不思議だ。そこには、少なくとも、自分の身から離れた、向こうからやってきたものとの、出会い、ぶつかりあいがある。自分のなかに、あらかじめ何かがあって、それを外に出すのだ、ということでは説明がつかない。

一方、ひとの書いた文章を読んでいて、これは私だ、私そのものだ、と思ったり、ここには、私が思ったこと、考えたことが、実にうまく書かれている、と感じたことはないか。ここでは、他者（作者）の言葉を、「自分のもの」として感じるということが起こっている。自分の言葉のように感じるとはどういうことか。読むことを通じて向こうからやってきた言葉を、今度は逆に自分の内側から出たもののように感じることだ。書く側において経験されたぶつかりあいが、こうした場面では、読む側にも、起こっている。

そもそも私とあなたは別の人間。その間には、いつも、はっきりとした、理解不能な壁がある。それなのに、言葉を通して、このように、「わかった!」としか書けない、深い了解・直観が、素早い速度でやってくるのはなぜか。この稀有な訪れを考えていくと、そのとき私たちは、あの誰のものでもない『私』の領域を、共有しているのではないかという思いに至る。

私を超えたこの『私』は、様様な属性はもちろんのこと、ときには性別さえも超越して、存在しているように私には思われる。

こうしてみると、『私』とは、ときに心、ときに魂などと呼んでいる領域のこと? あるいはまた、無意識とか、宇宙とか、仏教でいえば、阿頼耶識とか……。そして漠然とした言い方になるが、おそらく書くという行為のなかにある真の「自由」は、この『私』の領域が、活発に働き始めることによって、もたらされるのではないか。私はこう考える、私はこう思う、というときのちっぽけな私。そんな自我の縛りから解放されたこの『私』の領域。私の、あなたの、彼女の、という所有格もなく、小池昌代というけちな固有名詞も抜け落ちたこの場所に、書くことによって、静かに降りていけたらと思う。

# 老いと詩の結び目

八十歳くらいのおじいさんが書いた詩に、心を動かされたことがある。大切にしていた自転車が盗まれてしまい、探しても探しても出てこない。おばあさんになじられながら、くやしさと寂しさがごちゃごちゃになったような気持ちを抱いて、とぼとぼと帰り道を帰ってくるという詩。

自転車が盗まれたら、誰だって悔しいし、呆然としてしまう。ましてや、高齢になって何かを失うというのは、どんなにか痛い体験だろう。でも、そのくやしさや寂しさが、透明な感情に濾過されていて、共感とともに読む者に溶け込む。表現されている怒りが、まるで手折られた花の茎からにじみだす草の汁、というような瑞々しさである。

ある大きな詩のコンテストに応募されたもので、八十歳は、そのときの最高年齢だったと思う。俳句や短歌でなく、詩というかたちを、なぜ選ばれたか。このようなごちゃごちゃとした私情の混沌を表すのには、散文の要素が必要であり、そのために一見なんでも入れられる、詩という器が最適であったのか。

私が感じた感動の源には、一人の高齢者の存在の芯で揺れている、心細さに触れたという思いがあった。心細さが感動を呼ぶとは意外なことだった。りっぱな行為でなく、自転車が盗まれてしまったというできごとを通して、詩がすくい上げられている驚きがあった。

長い生の時間、そこには、どんな秘密が隠されてあるのか。四十を過ぎてなお、詩を書こうとする私にとって、未来の時間に生きる人々——高齢者——の書く瑞々しい詩は、驚きであり、そこには生の、あるいは詩の、秘密があるのではないかと思われた。

そんなとき、偶然、一冊の本に出会った。

著者はケネス・コークというアメリカの詩人。「I NEVER TOLD ANYBODY」と題されたこの本は、「高齢者に詩を書くことを教えること」という副題を持っている。ニューヨーク州の老人ホームで、詩など書いたことも読んだこともない老人たちに、詩を書くことを教えた記録である。

彼らの多くは病気であり、ひどく疲労している。ペンを持つことのできない者もいる。著者は、アシスタントやボランティアの人々の助けを借りながら、時には聞いて書き取ることで、一編の詩を完成させていく。

毎回、様様なテーマが与えられるのだが、ある回のテーマは、「静けさ」について。あなたが今までに感じた、もっとも静かな時間について書きなさい、というものだ。そのとき、こんな詩を書いたひとがいる。

俺が覚えている今までで一番静かな時間は

俺の足が切断されたときだ
その他で言えば——
好きなひとといる時間
そしてメイクラブをしているときの時間
ああ、それから
俺が、ナンバーを当てた瞬間
それで八〇〇ドル儲けたときがあったんだが
あれは静かな時間だったな
ほんとに静かだった

詩を書いた人の名は、サム・レイニー。足が切られた理由はわからない。戦争や病気が原因だったかもしれない。その想像を絶する大きな痛みの瞬間を、この人は静けさということばでつかみ直している。驚いた。大きな悲しみや喜びの感情が生まれた瞬間、その時おそらくは日常の音が消え、周りがまるで真空のように感じられたに違いない。人が生きた数々の瞬間は、こうして詩に書かれることにより、再び新しく生き直される。詩を書いた本人は勿論だが、その詩を読んだ人のなかにおいても、蘇り、再び生きられることになるのだ。

老いた人々の、たくさんの経験や思い出は、大切に仕舞われて、そのまま眠っているものも多いだろう。それはそれでいい。しかし、こうして詩に書かれたできごとは、より強固な経験の核となって、その人をその後も、ささえていくのではないだろうか。

ケネス・コークは、本のなかで、「詩を書いた本人にではなく、いつもテキストに注意を向けるようにした」と書いている。「これを書いたあなたはなんてすばらしいのでしょう」ではなく、「この行は美しい、ここのところの書き方は好きだ、とてもいい」というように励ましたというのだ。

これは小さなことだけれども、私にはとても興味深く重要なことに思われる。彼らも、自分を誉められるより自分の作った詩を誉められるほうが嬉しかったのではないだろうか。つまり、一編の詩のほうが、自分自身よりも大きいのだ。自分自身は詩のなかに入っているのだ。

この本の末尾には、ホームで詩を書いた人々の名前が列挙されている。そして、そのうちの幾人かは、本の上梓を待たずに亡くなられたことが付記されている。名前のあとに、“……has died.”という英語の表現が静かに続いていく。

こうして詩は残り、人は死んだ。人は死ぬのだ。この淡々とした死亡報告の記述には、なぜか明るい印象があった。一編の詩は、生の切れ端、断片である。私は彼らのことを、個人的には何も知らない。それぞれの詩を知っているだけだ。しかしこの断片は、輝いている。一枚の布の切れ端を見たとき、その切れ端が輝いていれば、その布はすべて輝いていることになる。そう言ってもいいではないか。残された詩を読みながら、そんな思いが満ちてきたのだった。

# おぶう、落し紙、ストンキング

「おぶに行ってくるよ」とか、「おぶに入ってさっぱりおし」とか、そういえば死んだ祖母がよく言っていた。樋口一葉の「にごりえ」を読んでいたら、お湯におぶうとルビがあって、いまさらながらに驚いた。「おぶ」だと思っていたのに、「おぶう」だということにも。

祖母はおぶうを、お風呂のお湯の意味で使っていたわけだが、名古屋で生れた友人に聞くと、彼は、子供のころ、飲む「お茶」のことを、おぶうと言っていたらしい。おまけに、おぶうを幼児語と考えていて、人前で使うのをはばかっていたというが、国語辞典をひくと、この辺の事情がみんな書かれている。すなわち、おぶうは、おぶともいい、湯、茶、風呂のこと。そして、幼児語と。「にごりえ」では、年かさの遊女が、ツレナイ客になげつけた言葉のなかで使われていた。祖母の場合も、幼児語というより、普段の言葉として使っていたという印象がある。

祖母は、おぶうのほかにも、落し紙とか、髪結いとか、レトロで面白い言葉をいろいろ使っていた。落し紙というのは、トイレットペーパーのことで、ずうっと繋がっている紙でなく、一枚一枚切れているトイレ用の紙のこと。

我が家では、和式トイレに、その落し紙とやらが、竹で編んだ籠台のようなところへ乗せられていた。昔は汲み取り式だったわけだから、そこへ紙を落すというので、落し紙と命名されたのだろうか。

祖母は、決して上品というタイプではなく、どちらかというと、がさつなほう。でも、いつも陽気で、いじわるとか皮肉の決して言えない、実に腹の太い（神経も太い？）女人であった。

そんなひとが、私に「トイレの紙なんて言うんじゃないよ。落し紙くださいといって、買っておいで」なんて微妙な隠語を示唆するのだから、どことなくちぐはぐでおかしかった。

そして私が、お店のひとに、「落し紙ください」と正直に言うと、落し紙って何ですか、と逆に聞かれる始末。こういうことになるのは、子供心にもわかっていたので、まったく、おばあちゃんって、変なところで、品よく見せようとするんだから困る、と思った。

言葉はこのように、出自と直結している。言葉を出したり書きつけることの根元に猛烈な恥ずかしさがあるのは、このことと無関係ではないだろう。

それにしても、少し前まで使われていた言葉に、古典のなかでしか遭遇できないのは、変な気持ちだ。そうはいっても、私が、「おぶう」を口承していこうなどとも思わない。おぶうは祖母のようなひとが使って生きた言葉だ。私が使っても、もはや私のものにはならないだろう。

言葉は原則として万人の共有物であり、そのひとのものになるというのは、おかしな言い方だが、簡単な言葉ひとつでも、そのひとのものになっているかどうかは、微妙なところで暴露されはしないか。

どんな上品な言葉であっても、借り物の言葉は、下品なものである。結局その言葉を、誰がどう使うかで照り方がすべて違ってくる。言葉は多面体。つまり関係性の問題なのだ。

ところで、祖母は横文字に弱く、ストッキングとついに言えずに死んだ。ストンキングと言うのである。ストッキングをはくたびに、ストンキングという、まるで空き缶がころがるような愉快な音が、いつも一秒間くらい私の頭をよぎり、いつも一秒間くらいは、生きる辛さも忘れてしまう。

# 庭をめぐる短い覚書



子供の頃、食べたばかりの柿の種をぽいっと庭に捨てたら、それが芽を出し、やがて渋柿がなるようにまでなった。その生まれ育った両親の家を、私はとうに出てしまい、渋柿の木も切り倒されてしまったが、自分が腕を振り上げて種を投げ捨てた瞬間は、今も鮮やかに身体に刻印されていて、そのささやかな原因が一本の木という結果を生み出したことに、神秘的な時間のふくらみを感じる。

そんなとき、三〇数年という年月は、またたくまに圧縮されて、あの庭を貫通する。

生きて動いている私たちには、道標のように、動かないものが必要なのだろうか。もしこの世に、動かないものがなかったら、私たちはどうやって、自分を確認できるだろう。たとえ切り倒されていても、今も、記憶のなかで、定位置に根をはっている渋柿の木。木が動かないことに、深く感謝するような気持ちになった。

先日来、仕事でガーデニングの取材に走り回った。久しぶりに土に触り、匂いをかいだ。手や靴を汚し、風を感じ、虫や花をまぢかでじっくり見た。

そのせいだろうか、心のなかが、掘り起こされたような気分になっている。庭という磁場には、幼年時代を強く引き寄せる、不思議な力が満ちているようだ。

庭と人との関係はおもしろい。どちらがどちらに含まれるのか。庭のなかに立つ人は庭の一部だが、庭の外に立つとき、庭は不意に人の心のなかへ移動する。ある日の庭は人よりも大きく、別の日の庭は人よりも小さい。拡大と縮小のダイナミックな動きは、生きている庭の鼓動のようだ。

そんなあれこれを考えているうち、人間には、実際の庭でなくとも、庭のようなものが必要なのではないかと思われてきた。

私の庭はごく狭い。ここへ越してきて一か月。ひきがえるがいる。やもりも出た。枯れた草木。無闇に走る根。荒廃した庭に、自分自身の心が映る。

ここにこれから何を植えてみよう。思いばかりがどんどんあふれ、庭の面積を超えていく。庭を見ていると、どんな人の想像力も、こうして庭からはみ出していくことになる。そのために「庭」が必要であったかのように。

# 母の怒り

馬事公苑で馬を見ているとき、何の脈絡も関係もなく、突然、母の怒りをふたつ思い出した。それは、深いところから、棒のように、ぬっと出てきた記憶であった。

いのちがむきだしになって湯気をたてているような馬のうごきに、忘れていたなにものかが刺激を受けて、思わず飛び出してきたような感じであった。

私自身が、それを記憶していたのも、おもしろかった。母は覚えていないかもしれない。私たちがそれについて話すことはないだろう。奥行きのある怒りだと思うが、表面的には、ただ、感情的という印象が残るからだ。私は、そのことで母を少しも恨んだりしていない。ただ、私にとっては、複雑で不思議な感触が残り、いま、反芻してみると、母が、私のなかにある、ある種の「悪」に気づいていたのではないか、と考えさせられる。

ひとつは、私が学生の頃のこと。洗ってほしたパンティについて。それは、レースを使った、かなりきわどいデザインだった。私は、あるとき、きゅうにそんなパンツがほしくなり、買っただけのことなのだが、母にはものすごくみだらに見えたようだ。怒りはパンティというよりも、パンティが差し出した、ある気配に向けられた。母は自分の想像力に苦しんだのかもしれない。母に言えない秘密を持ち始めた頃だ。若い頃、私は、どうせ見えないからと、ためしにパンツをはかずに町を歩いたことがある。昔の日本人は着物を着るとき下穿きを着けなかったのだから、別におかしなことではないかもしれない。身体を締め付けるゴムがよくないと、寝るときパンツをはかないというひともいる。しかしそのときの、自由さと心もとなさには、自分をむしばむような質のものがあった。そして、そのとき、性をめぐって、自分のなかに混乱したものがあるのを自覚した。しかしその源は母からきているような気がするのだ。

もうひとつは、私が詩を書きはじめた頃のこと。ある日、「これ、

あなたが書いたの？　きちがい、おそろしい。くるってる」と、私にあるメモをさしだした。それには、

「犬の舌枯野に垂れて真赤なり」

という俳句が書きつけられてあった。

これは野見山朱鳥の句である。初めてその句を読んで、その迫力に、思わず書きとめておいたのだ。しかし、母のつめより方は、言い訳も聞かぬ断定だった。確かにおそろしい一句である。そう思いながら、罵倒することで、この句を無視できなかった母は、まちがっていない、俳句がわかるなと思った。母のまちがいは、私の書くものに、この句のような深さが到底ないことに、気がつかなかったことである。私は母に、何度かくるっていると言われたが、本当にくるっているのでは

ないかと思うこともあるのだ。仕事をなくしてしまったというのに、大変な費用をかけて、自費で詩集を出そうと思うなんて、確かに、ある尺度から見ればくるっている以外の何物でもない。

母は年をとったので、私については、とうに諦め、怒りをむけることはなくなった。もっと若い頃の母には生命過剰のような野蛮さがあって、それは私に向けられるとき、厳しさとなったり過保護となって現われた。若い頃から、ベートーベンが好きだった母。最近、ベートーベンの弦楽四重奏を聞きながら、なんだか骨身にしみるような音楽だなあ、と思う。なんだかんだといっても、この作曲家はやはり、苦しみにある人間の友達であるような気がする。「運命」も、「英雄」も、ああ、そういえば、弾いていると、いのちが噴き出してくるような音楽だ。母もまた、たくさん苦しみながら生きてきたひとである。母の怒りを思い出しながら、母のいのちをつかんだ、と思った。

# 店じまい

きゅうに明かりが落ちた。そのほうを見やると、がらがらがらっと音がして、洋品店「ゆたか」の店にシャッターが下ろされた。男のひと二人が店の外に出ている。ゆたかの従業員二人である。一人はのっぽで四十くらい。そのひとが暗闇で鍵をかけている。そのあいだ、もうひとりは、寒そうに肩をゆらしながら、ポケットに両手を入れて、何もないはずの地面をじっと見ていた。髪の毛はまっしろで、疲れたふうだ。疲れたといえば、鍵をかけているほうも同様で、暗闇のなかでは、二人の姿が、ぼろ布のように寂しく見える。

昼間も、ゆたかの店の前を通った。お客は相変わらず一人もいなくて、ウィンドウを見ると、これじゃあ、ちょっとなあ。誰が買うのかしら。そんな具合に、埃にまみれたようなブルゾンやシャツが、センスもなにもなく、ただ、並べられていた。

時々、このへんの自由業風の中年男女が、ゆたかのウィンドウの前で、あれがどうのこれがどうのと話しているけれど、いつも買ったのを見たことはない。

それでも朝は、午前九時から、夜は午後八時三十分まで、ゆたかの店は律儀に開いている。

ひとりが鍵をかけおわった。くるっと向きを変えて、初老の男に頭を下げた。下げたというほどの下げ方ではない。初老の男は、ポケットから両手を出して、同じようにかすかに頭を振った。「お疲れ」とか「また、明日」とか、そのようなことを言っているのだと思った。それからぱっと、逆方向に別れた。別れるというよりも割れるというような、とても簡単な別れ方だった。

初老の男は、道を曲がるとき、一度だけ振り返り、もうひとりのうしろ姿をじっと見ていた。そのあいだ二、三秒。乾いていて投げやりだが、微かにねばったもののある視線。見ないほうがいいものを見たような気がした。

ゆたかは明日も九時には開くだろう。男二人は、やってくるだろう。

お客はやっぱり、あんまり来ないだろう。
道をはさんだ、喫茶店の二階から、私は二人を見たのであった。

# 音楽会が終わったあとで



音楽の感動とはなんだろう。クラシックに限ってみても、なぜ、演奏家や演奏会によって、同じ曲を面白く感じたり、感じなかったりするのか。演奏会がたとえ良くても、同じ曲の収録されたCDを買って聴くと、河原で拾ってきた小石のように、色あせてしまうことがあるのはなぜだろう。

こんな疑問を書きつけたのも、このあいだ聴いた演奏会で、まったく偶然に予期もせず、久しぶりに新鮮な感動を受けたからだ。

ひとつは、カザルスホールで二夜連続行われた、フェルメール・カルテットの演奏会。アンコールのブラームスの途中であった。過去の延長のように感じられていた時間が、ふと、逆流してきたような錯覚を覚えた。

私は今、三十七歳。いつまで生きるのか、わからないけれど、その見えない終局から、「今」に向かって、時間が押し寄せ、がけっぷちに立たされたような、気持ちになった。

あと、どれくらい、こんなすばらしい音楽が聴けるだろう、と思ったのである。

そのとき時間は、過去から未来へ伸びる線状のものでなく、三十七歳の今に向かって、私自身の末期という未来から、逆流してくる大河であった。

人間には寿命が知らされていない。それは人間を守る謎である。しかしあまりに甘美な音楽の出現に、どこかがむき出しにされ、私はまるで、三日後に死ぬような聴き方をしたのだった。

人はみな、死ぬ。老いた者もまだ小さな子供も。音楽は、そのことを深く了解している人間たちの、時間へのオマージュ。だから本当にいいものは、受けとめる人の経験や年齢に関係なく、その人の「今」を襲う、圧倒的な力となるのだろう。

＊

また、同じカザルスホールで、今度は、ジュリアード・カルテットを聴いた日のこと。

曲目はブラームスかベートーベンだった。仕事がえりで疲れていた。しかし、聴いているうちに、涙があふれてきた。何がよかったのか、わからない。なぜこの演奏会でなのかも、わからない。

アンコールが終わり、音がとぎれた。拍手が起こる寸前のことだった。隣りの女性が、かすかに聞き取れるほどの深いため息をもらした。私よりも少し年上のように見える。ああ、このひとも、また、感動したのだ、ということが即座にわかった。私は一人で聴きにいっていたが、彼女もまた、その日、たった一人で聴きに来ているようだった。

いい演奏会だったときは、よかった、という、そのひとことが、言いたいものだ。胸のなかにおさめて帰るのもいいが、私は最近、隣の見知らぬひとを摑まえてでも、そんなひとことが言いたくなることがある。

その夜は、結局、誰とも言葉を交わすことができなかったが、それでも私は満足だった。あの、かすかなため息で、私の感動が、私だけのものでなかったと知ることができたからだ。むしろ言葉でなく、沈黙を分けあえたという思いが、一層の忘れ難さを残したのだった。

こうした経験は、「音楽家と聴き手」という一対一の関係を、思いがけない広場へと連れ出す。感動の質が、そこでわずかに深まり変化する。これは部屋で、CDを聴いているときには有り得ないことなので、私は音楽会へ行く方が好きなのである。

ホールというものは生きていて、その日の客の気持ちや生理を、恐ろしいほどに反映する。一人の感動は、隣の感動を引き起こし、それが連動してホール全体にさざなみのように広がる。ホールの空気感は、音楽といういきものの培養液のようなものであろうか。

＊

こんなふうに、音楽のあれこれを考えていると、文字を書き、それを時には本にしたりして、「残す」という作業をしている自分自身が、ひどく野暮であばずれなものに感じられてくる。

音楽会が終わった。ポスターのなかで、今日の日付けがきゅうに古くなる。ホールにも外の町並みにも、今までとは、微妙に違う時間が流れ始めた。演奏家の去った木の舞台。当たり前のことだが、そこにはなにもないのであった。それが、音楽なのであった。

# オヤシラズを抜いたり、詩を読んだり

阿部恭久さんの詩を、『鳩よ！』で初めて読んだ。そうしたら、誌面から、風が吹いてきて、眼球がすずしくなった。

それは、こんな二行で始まる。

目がさめると　あの人を見た
あの人が見ていることもあった

（詩集『S盤アワー』より「夏至」）

ん、と思って、きもちがもう一回文頭に引き返していった、あのときの感じは忘れがたい。今、まさに、釣り人に釣られたさかなのきもち。

一行目で「見ていた」私が、二行目で「見られる」私になってしまう。視点がぐるりと、交換されて、きゃっと思った。この出だし、何度読んでも、いいな、と思う。

寝台の上で交わされるのが、からだやことばなんかでなく、視線だけ、というところにも、まいってしまう。いつか、結婚したばかりの友人が、「いつも一緒に寝ているからって、別に何もないのよ。まぐろみたいに、ごろん、ごろん、と寝てるのよ」と言い訳したが、私が結婚生活をエロティックに思うのは、そんなところ。全くの他人同士が、時には、何をするのでもなく、ヨコになっているなんて、すばらしい。

すっかり、横道にそれてしまったけれど、阿部さんの詩には結婚制度がよく似合うのだ。なぜだかよくは、わからないけれど。

もうひとつ、二行目の「も」という助詞のキュートな働きに注目してほしい。阿部さんの詩には、この「も」がけっこうちりばめられており、その、どれもが、動かしがたい使用感。「も」という助詞はもともと、くっつくものに不思議な浮遊感を与える助詞だが、詩のなかでの働きぶりには感激する。これは、この助詞のもつ、もともとのちからか。阿部さんの技術か。
技術に負うところ「も」おおきいと思う。「も」に限ったことではない。どの詩も軽く軽く書かれた印象を与えるが、言葉がとても選ばれている。だいたい、言葉数の少ない人。わざを感じないわけにはいかない。おっ、と言う間に言葉は背負い投げされて、勝負が鮮やかについている。

窓からは毎日、新しい風が入ってきた
草々と波うっていた

（とおい町の　まだ三男だった次女だった）

野原をよこぎって
夢のように仕事をした

夕方の楽しみはキャッチボールだった
あの人の夢中
草が深くて　やがて日も暮れるので
ボールをいくつもなくした

「あっ」という間さ
昼も夜も川はひかる

若い頃のふるい家

（「夏至」）

詩中のすずみにまでひかりがさし、影がない。葛藤がない。ブンガクがない。押しが強くないし、いわゆる巨匠の詩ではないが、傍らにおきたい。まるで、幸福になるための条件みたいに。

秋の門口にたつ人

たかい青空の
風にしみる開襟シャツに

記憶があるね
そっと去ってゆく
あのあかるい素敵な色
夏のひかりのいい感じ
三十をすぎるなんて
どんな不思議な気がするだろう

（詩集『恋人』から「地上」）

最後の二行は、いいでしょう？　首すじがすっとする。しかも、この詩の骨が、ここで透けてみえてしまうような怖さもある。

阿部さんという人は視力がいい。

アベヤスヒサ、アベヤスヒサ、とここ何日か考えていた。同時進行でオヤシラズを二本も抜いた（もう一本抜く予定）。そして、また、考えた。

全く関係ないようだが、オヤシラズを抜くことと、阿部恭久の詩を読むことには共通項がある。

阿部さんの詩と同様、私の通う高橋歯科の技術はたいしたものであって、麻酔はちょっと痛かったが、今のところ抜いた二本は、ぬく、というより、どかす、という感じ。大きなしがらみの古いタンスを、ぽいっと捨てたような爽快感があった。舌の先でさわってみるとあったものが確かにない。深い穴があいている。

阿部さんの詩にも、この、「なくしてしまった」ことのあかるさがあり、その失われた場所には、いつもきもちのいい風が吹いている。読み手はこれらの詩にみたされるというよりも、読むことで「からっぽ」の快感をもらうのだ。過去に題材が採られながらも、振り返るという暗さにつながらないのは、阿部さんが今と昔、そのどちらをも、否定することなく、絶妙のバランス感覚をもって、生きているからではないだろうか。ときどき省略が効きすぎて、ことばの下半身が見えないこともあったりするが、それは、詩の魅力を少しも損なわない。もっと、道に迷いたいくらい。

なにげない路地に一カ所だけ、蛍光ペンでマークしたような小さな陽だまりがあって、草がはえている。光があふれている。阿部さんは、そんな印象をもつ、さりげない詩人である。

# 紅い花

小学校の四年生くらいまで、おねしょが直らなかった。四年生になると、臨海学校といって、夏、海の家へ、みんなで泊まりにいく。母親は、それまでに治さなければ大変なことになるとあせっていたみたいだ。でも、直らないものはどうしようもない。

今でもよく覚えているが、おねしょをするときは、決まって、夢にトイレが出てくる。そして、さあ、ここで思う存分、おしっこをしてよいのだ、と、必ず自分で自分を勇気づける場面が出てくるのだ。

いざ、レッツゴー、おしっこ。という按配で、おしっこをするのだが、途中からその夢は現実となり、私は布団のなかで、おしっこの最中である自分に気がつくのだった。

そのときの、ああ……きょうもやってしまった……という最低の気分。母を起こすと、母もまた、ああ、まったくこの子は……という最低の顔。シーツをかえてくれたり、父母のふとんにもぐりこんだりしながら、こんなことが毎晩のように繰り返されていた。

母はある日、そんな私を、御茶ノ水にある、大学病院のようなところへ連れて行った。今から考えると、子供の神経内科的な医療機関だったのではないか。電車から見えた花が、紅く咲いていたことを覚えている。

先生が、私に催眠術をかけて、さあ、あなたは眠くなるとか、さあ、あなたはだんだん倒れていく、とか、いろいろ言う。私はぜんぜん催眠術にかからない。それでも、先生にわるいような気がして、後ろに倒れたり、目をつぶったりした。それを見ていた母は、あとで、

「ほんとにあなたが倒れたり、眠ったりするんで、びっくりしたわよ」

と言った。

ともかくこうして、私は、小さなときから、かなり大人になるまで、実に多種多様なトイレを夢に見てきた。

そのなかのいくつかは、もうすでにおなじみのトイレであって、ああ、いつかこのトイレに来たことがあると、夢のなかでも思い出している。ひどく汚れているものもあれば、窮屈で狭い場所だったり、金ぴかのトイレだったり、それはそれは多彩で面白い。こうして夢のトイレを訪ねることは、自分のこころの秘部を訪ねるようなことでもあろう。大人になった今も、新種のトイレに出向くことがある。しかし、夢が現実を追い越すことはない。想像の世界とか夢という言葉は、いつも耳に、心地よく響く。反対に「現実」は、きびしく、あじけない、つまらないものとして捉えられがち。しかしおねしょの体験から、私が今、思うのは、粉飾のない、殺伐とした現実の美しさである。夢からさめたものが即座にぶつかる、現実の確実な触感の美しさなのだ。

たとえ、その内容が、辛く悲惨なものであっても。

そういえばおねしょが直ったきっかけは不思議なことだった。わたしがおねしょをするから、と、家のものたちは、わたしが寝る前に水分をとることを禁じていた。「水を飲んではだめ」とか「お茶を飲んではだめ」とか。そういう禁止の文句が、いけなかったようで、医者の指導により、密かに方針が変えられた。今度は、「好きなだけ、水を飲め、どんどん飲め」というのである。

その言葉の効果は絶大だった。それからまもなく、おねしょはとまった。ああ、よかった、とは、今ふりかえってみて思うことであり、当時はおねしょがとまっても、ああこれでまともな人生がおくれるとも、よかったよかったとも、なんとも思わない。自分がつい最近まで、おねしょをしていたことも忘れているような具合で、その日その日の新しさを生きることが、一番大事な仕事だといわんばかりであった。「過去」は、いつごろから身体に入ってくるのだろう。ぐんぐん大きくなっていく途中のものたちは、いちいち、立ち止まって物ごとに感慨を催さない。子供とは、誠に「ツレナイ」イキモノなのであった。

## ことばの出てくるところ

なかなか口に出せない言葉というものが人それぞれにあると思うが、なにしろ口に出せないので、そのひとにとってのそれが何であるか、なかなかわからない。私にもまた、書けても口には出せないという言葉がある。

言えないということの理由のひとつに、単に言う習慣がないので、言えないということがある。使ったことのない言葉を使うのは、大変恥ずかしいものである。特に初回が恥ずかしい。今まで名字でよそよそしく呼んでいたともだちを、初めて名前で呼ぶときのタイミングなどは、この世でもっとも難しいことのひとつであろう。

友人に、信州の農家出身の男性がいるが、おもしろいことに、彼の家には、「いってらっしゃい」とか「ただいま」という言葉を家族でかわす習慣がなかったということだ。

学校へ行くときも、すーっと出て行く。帰ってきたら、あ、帰ってきたなと黙認しあう。そしてそれは、少しも冷たいという感じではないらしい。

しかし挨拶をしない家族がいるといううわさは、いつのまにか広がり、やがて教師が聞きつけるところとなった。ある日のこと、「挨拶は基本」とばかりに、当時の担任の先生が、彼の帰るあとをつけてきて、玄関の横に立ち、彼が「ただいま」というまで、じっと待っていたという。中学生だった彼は、顔をまっかにしながら、仕方なく、横を、向いて、

「ただいま」

と言った。物凄く恥ずかしかったそうだ。それを実演した三十年後の彼のイントネーションは、どことなく変だった。いまだに言い慣れないのかもしれない。それも、あいかわらず、まっかになりながら。

そのとき、みたこともないような、まあたらしい「ただいま」が、過去から現在に至る長い産道を抜けて、すぽんとこの世に飛び出してきたように思った。

ことばの発生。――わたしは、なぜかうやうやしい気持ちになって、「ただいま」の出てきたあたりに眼をこらす。内圧がかけられて、止むにやまれず出てきたことば。一瞬の光をあびて、ことばじしん、どんなにまぶしかったことだろう。

# 根菜類

今、カザルスの演奏による、バッハの無伴奏チェロ組曲を聴いている。高校時代、私はオーケストラ部にいて、ビオラに夢中だったのだが、あの頃の雑然とした音楽室で、下手だけれど妙に心を打つ、先輩の演奏を聴いている感じがした。

勿論、カザルスは下手じゃない。でも、なめらかじゃない。きれいじゃない。上品じゃない。言わばほりたての芋（このひと、長生きだったし、本当に根菜類系。晩年の顔は、じゃが芋そのものだ。とにかく根をはって、生涯、じっくり音楽をやり通した)。しかし、聴いていると、魂が妙にスイングしてくる。

今では大変に有名なこの組曲は、カザルス自身が、一三歳のとき、バルセロナの古い店で発掘したという。うもれていた名曲を、現代に蘇らせた初めの人。先人の演奏を参考にしたり、影響を受けたり、まねしたり、ということもできなかった。そういう彼の演奏には、見つけたぞ、と言って、先頭きって走っていくひとの、野におどる魂のようなものが感じられる。聴いていると、その魂に伴走して、こちらまで踊り出したくなってしまう。こういうバッハもあったのだ。

文章でいえば、室生犀星か。節あり、癖あり、ごつごつ、ざらざら。

演歌のうたいぶりといってもいい。いろいろなひとの無伴奏を聴いたけれども、こんな自在で、野性的な演奏は記憶がない。

こういう演奏、演奏家が、ある時代にひとり存在するだけで、まわりの人はどんなにか、変わることだろう。本質的というより、本質そのもののような人なのだから。

平和主義者としての面から、全人格的に語られもするが、しかし、私は、あまりカザルス自身、あるいはカザルスという演奏家だけを唯一絶対とあがめずに、彼の音楽そのものを、ただ、おもしろがって楽しみたいと思う。

音楽にはいろいろな力があると思うが、バッハというひとには、とりわけ浄化力、洗浄力を感じる。この世を生きていると、さまざまにいやなことがふりかかってくる。多くは人間関係のもつれ。ところが、バッハを聴いたり、弾いたりしていると、心のステージが少し変化する。しきり直され、空気や時間の肌触りが明瞭に違うものになる。

苦しみは苦しみ、悲しみは悲しみ、くやしさはくやしさのまま、その感情が、急速にしおれて、ドライフワーになってしまうのだ。あほかいな。まあ、ええか。関西人でないので、うまく表現できないけれど、そんな感じだ。自分自身が、バッハの生きた時代に、瞬間移動してしまうのだろうか。現代現世のせちがらい悩みも、消えはしないが、質が変わり、持ち運びが少し、楽になる。

洗浄力の効果が効き過ぎて、ただひたすら求道的な、上手な演奏は、退屈だが、カザルスの演奏は、ぶっきらぼうに、「人間の生きる場所」

に常に触れている。そこに凄腕を感じ、魅力を覚える。

# 詩の好きな人もいる

そういう人もいる
つまり、みんなではない
みんなの中の大多数ではなく、むしろ少数派
むりやりそれを押しつける学校や
それを書くご当人は勘定に入れなければ
そういう人はたぶん、千人に二人くらい

好きといっても――
人はマカロニ・スープも好きだし
お世辞や空色も好きだし
古いスカーフも好きだし
我を張ることも好きだし
犬をなでることも好きだ

詩が好きといっても――
詩とはいったい何だろう
その問いに対して出されてきた

答えはもう一つや二つではない
でもわたしは分からないし、分からないということにつかまってい
る
分からないということが命綱であるかのように
（ヴィスワヴァ・シンボルスカ「詩の好きな人もいる」）

最後の二行を読んだとき、心の奥がさあっと明るく覚めるような感じがしました。命綱とは、まさに命がかかっているのですから、ゆらぎのない確かなもの。少なくとも、これにつかまっていれば、大丈夫だという、確信と保証のあるものであってほしい。それなのに、そこに「わからない」という、誠に不確かなものが重ねられています。こ

れは一体、どういうことなのか。

わからないということを、この詩人からボールを投げるように手渡された気がしました。わからないということが心のなかに造形的に残った。ない、という否定形が、かたちとして感受されるというのは、考えてみれば不思議なことです。詩のことばのちから。そして、そのとき、わからないということが、私に少しわかったのかもしれません。

飛躍しますと、この深々としたわからなさこそが、生そのものの本質、生の秘密、生のよろこびとも言えそうです。詩についての詩ですが、詩を、何かほかの大事なものと置き換えて読むこともできると思います。毛虫とかカレーパンとか狸とか餃子とか恋人とか。

太郎が好きといっても――

太郎とはいったい何だろう
という具合です。
そもそもわからないということにつかまるっていったって、どうやってつかまるのか。そんなことは不可能。不条理であり、無謀とも言える。でもそれこそが、詩と自分の命をつなぐものだと言っているのです。なんと危険きわまる命綱でしょう。
そんな危険な命綱に、彼女は、自分の命をまるごと投げ出している。詩に命を託しながら、しかし、結果として、その命が助かるかどうかは問題としない、これはそういう捨て身な態度です。ナルシズムのない態度です。自己の消滅と引き換えにして、この命綱につかまっているような印象を持ちます。

分かるという言葉は、よく言われるように、分別して、何ものかから、何ものかを分ける、というところから出てきています。だから分からないということを投げかけることで、この詩人は、詩そのものを、ものがまだ分かれていないないところの原初の全体へと、送り返しているのではないかと思います。

この詩を書いた、ヴィスワヴァ・シンボルスカは、一九二三年、ポーランドに生まれた詩人。そして、この詩は、詩集『終わりと始まり』（沼野充義訳・解説、未知谷）に収められたものです。

この本は、探したときに書店になく、直接出版社に注文して手に入れました。私にとってはまったく未知であった、未知谷という出版社が版元です。変わった名前ですが、すぐに覚えました。未知であったのは、私が単に無知であったからですが、電話したとき、なんとなく、社長さんが一人でやっているような、小さな出版社を想像しました。実際のところは知りません。応対が会社としての対応でなく、よい意味での、とても個人的な対応だったからです。

電話口に出た相手は、私の注文に、さっそく送る、と約束してくれました。そして後日届いた本のなかには、注文への礼状が入っていました。その短い文章から、この本を出したくて出した、この本が読まれてうれしいという、素朴で静かな熱意が伝わってきました。幸せな本だな、とつくづく思います。この本を作った人こそ、きっとあの貴重な少数派の一人だったに違いありません。

# 眼鏡のひと

初めて本格的に好きになった男のひとは、眼鏡をかけていた。そのひとと初めて、キスをしたとき、そのひとは、黒ぶちの眼鏡をとった。

そのとき、わたしは強い衝撃を受けた。そこには、そのひととは別人の、まるで、見たこともない、まったく別の顔が現われたのである。あまりに強い衝撃だったので、かえってわたしは、顔色ひとつ変えることができなかった。しかし、私の内面は、急激に冷え切って、孤独になっていた。

わたしは、わたしが初めて好きになったひとが、眼鏡をかけていたことは不幸なことであったとおもった。今度好きになるひとは、眼鏡をかけていないひとにしようとおもった。

そこにはあの、普段、人前でどうどうとしている、いつものステキな彼は見当たらず、ふるえる小さな目を持つ、小心な一匹のケモノがいた。ええっ。わたしはこんな男を好きになったのか。驚きはやがて、自分自身のおかしさへと変化していった。しかし、それを彼に対して表現することはできなかった。そのひとは、衝撃で無口になっているわたしに、

「どうしたの？　はずかしいの？」

と聞いた。

わたしは何も答えられなかった。何も答えないでいると、

「どうしたいの？　どうしたいのか、言って」

と言った。さらに答えないでいると、

「わかった」

といって車を走らせた。なにがわかったのか。車がどこへ走っていくのか、わたしはなんとなくわかっていた。一方、彼は、わたしのことをわかったといいながら、おそらくまったくわかってはいないだろう。

そういえば、このひとは、いつも自分中心で、かすかにとんちんかんで、ずれている。そのとき、そのことを深く確認したが、そんなとこ

ろも、おかしなひとなのだった。

眼鏡をとった顔に衝撃を受けていたとはいえ、わたしは彼が好きだった。ずっといっしょにいたいとおもっていた。それが結婚を意味するのであれば、結婚したい、と言ってよかった。走る車のなかで、わたしはようやく、

「結婚したい」

と答えた。しかし彼にとっては、その答えは、まったく予期せぬことのようで、かすかにうろたえた感じが伝わった。

「あなたとは結婚できない」

と彼が言った。

わたしはそれでもいいとおもった。そしてそれでもいいと言った。

するとさらに、彼がかすかにうろたえたように感じられた。

そのあとも、長くつきあう時間のなかで、眼鏡をとったときの、魅力のない、あせた、疲労した、単なる獣のような男の顔が、ことあるたびによみがえってきた。けれど、そのなさけない顔のほうに、私はいつしか吸引されていた。みじめで小心なふたつの小さな目に？　なんだかばかばかしくて、話しにもならない。ひとがひとにほれるとは、しんそこ、滑稽なことであるとおもった。

# 古川房子の物語

五十二歳になる古川房子は、一度離婚し、数々の職業を経た上で、この法律関係の出版社へアルバイトとして入社した。

離婚は自ら申し出たものである。それ以上の理由は誰も知らない。

「私は昔から、どうして生きていかなければならないのか、どうしてもわからなかった。死にたい、死にたいとおもっていたのよ」

昼休み、会社の会議室のねずみ色のテーブルに、生き死にのはなしは浮いたアブラみたいで、聞いたものはあわててゾーキンをとりにいったりした。

風呂のない池袋のボロアパート（自称）に一人住い。ショートカットの襟足からのぞいている後ろ首の皮膚が、とてもきれいで柔らかそうだった。いかにもあたたかいにくを持ったひと。和紙を通したあかりのような、暖色のえりくびを彼女はもっていた。

人の悪口をめったに言わず、普段はめっぽう明るいが、ときどき折れたように二、三日休む。成長を止めた赤ちゃんのようなところもあって、無垢というよりもかたくなでまっすぐでじゅんすいで。そういう部分に人が触れると枝が折れるような木製の音がした。

木製の女は、えりくびだけから匂いを出して、「わたしは不器用者でございます」と、結果としては、いばって歩いていた。

背がひくく、化粧気さえまったくないが、働き者の逞しい指先には、ピンクのマニキュアが塗られていることもある。

柔らかく小さな斜視の目は、右と左から腕のように人を包囲し、対峙するものに、いごこちの悪い不安感と不思議に甘い浮遊感を与えた。

しかしながら古川房子は赤子のてのひらだ。人はやすやすと彼女の好意を受けとり、それを当然のように、すぐに忘れる。いつしかそれが当たり前になる。古川房子は正しすぎる路の石だ……。

＊

「ささえてくれっていわれたのよ」

古川房子は恋をした。それは勝手な男の勝手な冗談だったのか、その恋はしかしすぐに、終わってしまった。

「『妻もいるし、電話はかけてこないでほしい』っていわれたわ。でもこの電話はべつにそういう意味じゃないっていったの。女としてでなくて、にんげんとして、ともだちとしてかけてるだけなのっていったのに」

それからしばらくして、彼女はある新聞の「社説」の切り抜きを私たち女性にひそやかに配った。「自分が変わらなければなにも変わらない」という主旨の一文である。

「そうでしょう？　そうだわ」

小さな目でしっかりみあげられると、自分がひややかにヒハンされているような気がした。すっと席を離れるものもいた。切り抜きは、宗教界最大手のＳ学会が発行するＳ新聞だ。それでも彼女を信者と呼ぶには、どこか間の抜けた印象があった。結局彼女には、何かを信じたくて、始終うずうずしているようなところがあったのだ。

しかし女子社員のなかには、あからさまに彼女を馬鹿にするものも出てきた。仕事はとにかく一生懸命なのに、信じられないようなミスが多かったからだ。そのたびに、彼女ははげしく反省するが、反省しても繰り返すだけだった。

働くことは権利だわ、それが彼女の口癖だったのに、だんだん、火が消えるように、おとなしくなっていき、ある朝から突然、会社に来なくなった。電話をすると出るのだが、謝るばかりでどうにも仕様がない。結局、解雇ということになった。

*

彼女がいなくなっても、何も変わらなかった。みんなすぐに彼女を忘れてしまった。しかし時々は、あのやさしい斜視の目を思い出すことがあった。それがなぜかはわからなかったが、少なくともあの目が、「無垢」というものを思い出させる稀有なひとみであったことは確かだ。

# 沈黙の種子

「詩の秘密を語れ」と言われた。夢のなかのことである。

それで私は話し始めた。まばらに人が座っている。畳敷の古い寺のなかである。「私の詩には、まだ、甘さが……」と言い訳めいたことを話し始めたとき、聴衆のなかに一人の男を発見した。見たような顔でもあり、初めて見るような顔でもあった。その目は、じっと私に注がれている。

私はふいにことばに詰まり、頭のなかが真っ白になった。ことばがまったく出てこない。どうしたらよいのか。そんな私を見て、聴衆がざわざわと騒ぎ始めた。

私はその男に救いを求めるような気持ちで視線を向けるが、男は依然、ただじっと見るだけだ。なにも語らず、動こうともしない。

大きな沈黙に触れると、なぜ、人はうろたえるのだろう。自分のなかの罪に触れられたような気持ちになるのだろうか。

私は特定の信仰を持っていないが、あの夢のなかの男は、どこか遠くからやってきた、聖者のような趣きがあった。沈黙に負けた苦しい夢だったが、何者かと対峙したあとの、ひたむきで清潔な感情が残った。

沈黙から連想されるものに、石や岩がある。死んだ祖父のことも、思い出される。どれもことばを持たないものである。けれど、生温かいことばを持たないものたちには、ことば以上の、清々しい「批評」のようなものがある。石にしろ、木にしろ、そこに在るというそのことが、すでに静かな批評なのである。

私たちは、こころという揺れ動くものを持ち、不安定で不確実な、世界に生きている。木の葉のように裏と表を翻しながら舞う、ことばという道具を使いながら。

小石をひとつ、てのひらに乗せてみよう。なんという美しい重さだろうか。なんという確かな存在感だろう。石や岩は、外界を厳しく拒絶する。しかし一方で、「閑（しづか）さや岩にしみ入蟬（いるせみ）の声（こえ）」と、芭蕉が詠んだように、蟬の声の侵入を許す、観念的な柔らかさもある。石を割ればまた石。それなのに、どの石のかけらにも確かな内部がある。

*

このあいだ、秋田・男鹿半島の最北端、入道崎に旅をした。夕暮れどき、晩秋の秋田は風が冷たい。私は、岬の突端に向けて走り出した。この世の果てのような風景を、早くこの目で見たかったからである。なぜか、親のない、子どものような気持ちであった。

そのまま突っ走ったら、死ぬところを、私の足は、ぎりぎりのところで、ぴったりと止まった。何が私を引き止めたのか。そうか、死にたくないのか、生きたいのか。私は自分の身体を、他人事のように不思議に眺めた。

そこから見える風景は、壮絶だった。岩が海をくだき、空はますます遠い。大鷲がぼろぼろの翼を広げて、私にその影を置いていく。私は東京の生活を思った。ことばを重ねても、核心からどんどん離れていく悲しさ、寂しさ。なかなか分かりあえない、人と人のいる世界を思った。それでも私たちは、なかなか届かないことばを媒介にして、なんとか人とつながろうとしている。

ことばに疲れ、ことばでできあがった人間は、こうして、自然という、ことばのない世界によって癒される。男鹿半島の風景は「大きな沈黙」そのものだった。

＊

沈黙は、しかし「無」ではない。そこにはなにか、種子のようなものがある。「生の芯（しん）」とでも呼びたい何かである。詩を書くことは、そうしたものを紙の上に抽出する作業といえるかもしれない。

空や木、豆腐屋からたちのぼる湯気、地下を流れる汚水、猫、死んだ友人や祖父のこと、それらの沈黙を前にして、ことばが一度敗北した地平から、詩のことばがゆっくりと立ち上がってくる。

# 家族の時間

家族、と書いて、もう、最初から、途方に暮れている。どんな者にも親がいる。それは当たり前のことなのに、そのことがもたらす、このやっかいな気分はどういうわけだろう。居心地の悪いくすぐったさ、どこか恥ずかしいものに触れる感じ。それは私が、そこから出てきた者であるからだろうか。でもなぜ、自分の出自を覗くことが、恥ずかしいものとして感覚されるのだろう。ともかくも、自分自身のその根本を手がかりにして、家族というものを考えてみるしかない。

そうは言ったものの、考えは四方に散らばっていく。そこから中心をひきだそうとして集中し、じっと見つめることができない。それは私が女だからだろうか。かつて、新しい家族をつくりつつあった私は、そのなかにいて、自分がときに、ばらばらに分散していくように感じたときのことを覚えている。

日常生活というものは、なにげない顔をしているが、熾烈なものである。それはたとえば、しばらくほったらかしにしておいた換気扇の、あの逞しい汚れが象徴している。汚れ——そうだ、家族の恥ずかしさは、あの汚れのようなものと、関係があるのかもしれない。

＊

生まれた家を出て八年になる。生家を出るためには、大きなエネルギーが必要だった。しかし出てみると、こんなにすがすがしいものはない。距離を置いたことで、さまざまなことが見えてくる。

今の私くらいのとき、父母は何を感じ、考えていたのか。私自身が年をとり、母が私を生んだ年齢をとうに越してみると、いつしか自分の内側に、父母の生をだぶらせてみるようになった。

実家の仏壇には、死んだ祖父母の写真がある。じっと見る。しげしげと見る。私とつながっているひとたちだ。彼らとまじわったさまざまな記憶が、私の細胞に細かくまぎれこみ、いまの私をつくりあげていると感じる。

祖父は、私が赤ん坊のころ死んだのだが、父や母をとおして語られたことのなかに、いきいきとした祖父像があり、実際に話をしたこともないのに、確かに地続きで交信したという実感があるのが不思議である。

彼らから受け継いだもののなかには、見えない傷や痛みのようなものもあるに違いない。受け継ぐとは、そうしたものまで、感受するということだ。そしてその痛みや傷まで無意識に共有しているのが家族というものなのだろうか。

家族はたとえ、消滅してしまっても、その記憶は、人をささえ、人をつくっていく。家族写真というものは、ひとの記憶を補強するための、安定剤のようなものかもしれない。

＊

このあいだ、山で、滴のような枯れ葉の落下に偶然立ち会った。歩いていたら、一枚、また、一枚と降ってくる。これらの葉は、どの枝から別れて地上へたどり着いたのか。その日は山全体が、声のない凄烈な別れに満ちていた。無数の別れの、どれひとつとして無駄なものはなくて、どのひとつが欠けても、次の季節がめぐってこない、そのように、必然と偶然を交互に翻しながら、一枚、一枚と降ってくるのである。

この無言の修業のなかに、日が沈み、日がのぼる。言うべきことは、もうなにもない、そんな気持ちになって、山道を歩いた。私たちは、こうした大きな連環、繰り返し円を描く時間のなかにいる。

時間といえば、蕪村にこんな句がある。

「二もとの梅に遅速を愛す哉」

「二もと」というのは、根の違う別々の、二本の梅の木、ということだろうか。蕪村は根を違える梅の、開花の時間のずれに、「美」を、発見した。

ひとの家族もまた、こうした時間の遅速をかかえた集団である。子供、父母、祖父母、と年齢構成もばらばらな者たちの、長かったり短かったりする生の時間。やがて誰かに訪れる死の一方で、誕生があり、その群れを離れて独立する者がいる。生滅や別れを繰り返す「家族」は、それ自体が生命をもつ、いきもののようである。けれど、永遠という時間の単位のなかにほうりこめば、そうした遅速も互いにとけあって、渾然とした、泥のひとかたまりに数えられるのかもしれない。

＊

中央アジアの少数民族だったか、いつか、まったく同じ顔の一族の写った写真を見たことがある。二、三十人もいただろうか。みんなとにかくそっくりで、まぎれもない血族がそこにいた。一人、二人、という単位でなくて、二倍、三倍と数えたくなる。同じ血の流れる集合体は、私たちの生活からはとうに失われた、野蛮な生命力にあふれていた。禁忌に通じるおそろしさと、いつまでも終わらない増殖をみるときの、けいれんするようなユーモアの感触。

血のつながりは、ときにいとわしく、わずらわしく思われるのに、こんな、大家族を目のあたりにすると、時間を越えて、ひろびろとはるかな気持ちがわく。

おそらく彼らがもっているであろう、強固な共通意識。それは今の私たちが、到底たちうちできない大きなものだ。そこには、切っても切っても再生するような、とても豊かなしぶとさがある。こうした意識は、現代では、特に見えにくくなっているのではないか。ひととして生きていく上での通奏低音のようなもの。詩を書きながら、目には見えないその意識を、私は手探りで探すような気持ちになることがある。

＊

私が子供のころ、下町では、夏になると、道路に縁台が持ち出され、夕方、ひとふろあびた老人たちが、道に打ち水をして、そこへ座り、とりとめのない話しをしたり、道行くひとを眺めたりしていた。あの老人たちの視線を、今頃になって思いおこすことがある。親の目とともに、あのような目に、町の子供らはくるまれて、育てられてきたと思う。地域、それは、血族を越えた、大きな疑似家族であった。

以前、私よりずっと若いおかあさんが、赤ん坊を乳母車に乗せていくのとすれ違ったとき、そんなことはありうるわけはないのだけれど、誰のものでもない子供、親という呪縛をほどかれた子供はどこかにいないだろうか、と夢想した。子供のいない女の、身勝手な空想と思われるだろうか。誰の子供でもなく、誰の子供でもあるような、赤ん坊。それは、私たちが守るべき共通の価値の象徴のようなものである。

赤ん坊に限らなくてもよい。植物でも、小動物でも、伸びようとするものには、血のつながりなど無関係に、手を添えてやりたくなる瞬間がある。

私のなかにある時間は、いま、もっと若かった頃のように忙しくはない（もっとも、外側を流れる時間はあわただしくなるばかりだが）。けれど、これから伸びようとするものたち、小さな子供や花のつぼみや双葉のなかには、加速しようとする清冽な時間がある。その勢いが、峻烈な音になって聞こえてきそうである。しばらく会わないうちに、よその子供がずいぶん大きくなったり、朝顔の双葉から、やがて蔓が伸びていくのを見ることのよろこびや驚き。それらは、自分にとっての、「時のものさし」のようなものだ。

そして、彼らの持つ加速する気配に、私の生も後押しされて、もっと先へと、伸びようとする。大人の魂というものは、どれも妙な具合に欠けているような気がしてならない。生まれたとき、完全な球体であったいのちは、その後の生きるという行為によって、少しずつ少しずつ欠けていくのではないか。だからその欠損を補おうとして、私たちは他者を必要とするのではないか。生きるといってもひとりで生きるのではなく、常に、別のいのちに、補塡されているのだ。

夏、縁台に座っていた老人たちもまた、眺めるという行為によって、命のエネルギーをもらっていたのだと思う。それは決して、一方的なことではなかったはずだ。いま、あの縁台の老人たちのようなまなざしが、自分のなかにも育ってきていることを感じる。年をとるとは、こうして他人を含むための内部がふくらんでいくことなのかもしれない。

私のように一人で暮らす者、実質的な意味での「家族」を持たぬ者であっても、このように、さまざまな他者の生命にかかわることで、見えない家族を形成していると言えるのではないだろうか。

# レッスン室の版画

「これはぼくが若いころ書いた詩です。どうですか。現代詩というものを書くひとの目から見るとどうですか」と先生が言った。先生は今年七十歳になる元ピアニスト。私は彼の元弟子である。レッスンは止めて久しいが、今日は何年かぶりの訪問である。きもちのきれいな先生で、意地悪や皮肉が言えない。また、通じない。十年ほど前に、劇団の美しい女優さんと結婚し、晩婚でできた一人娘を溺愛していた。詩を作ることが趣味であり、趣味は昂じて、詩集の出版を考えるまでとなっていた。

見せられた詩には、お母様が死んだ夜のことが書かれていた。最終行は、「母もまた、あの夜空の星の一つとなったに違いない」と結ばれている。人を困らせる素直さというものがあるが、先生の詩がまさにそれである。言うべきことはなにもない。困ったなと、なおもその詩をみつめているうち、むくむくと別の思いが湧き起こってきた。

「先生、本当にこう思われたのですか」自分でないような声が、突然出た。すると先生は、意外にも、「本当なのは、空に星が一杯だったというところだけです」と言うではないか。

「倒れたとき、母は、自ら、ぼくにお医者を呼べ、と叫びました。ぼくは急いでお医者様を呼びに廊下へ出た。そのとき、夜空は満天の星でした。ぼくはそれを見て、とっさに、母が死ねばよいと思ったのです。満天の星空のもとで、母をおくりたいというような、ロマンティックな気持ちではありません。ただ唐突に、今、母が死ねばよいと思ったのです。いい母でしたし、なんのうらみもないのですよ」

私は何かを思い出したような気持ちになった。子というものは、必ず親の死を考える。それを深いところで願望するように。酷いことのようだが、この世に生を受けた順番の掟のようなものである。

「先生、その本当のところをお書きになった方が、おもしろいのではありませんか」私は、思わず、そう言い出しそうになり、しかし、とひき返した。結局先生は、きれい事だけを書いたのだが、実は「本当」を忘れておらず、いまだに心に残している。真実は詩のなかにでなく、自分の心にある。詩は空の器、しかしそれでいい。それが先生なのだから、と思い収めた。

ふと壁を見ると、見覚えのある版画がかかっていた。三十年近く前、独身の頃の先生のレッスン室の壁に飾ってあったものだ。改めて室内を見渡すと、狭いマンションの一室はグランドピアノに占領され、その周りは紙類や雑貨類で驚くほど散らかっていた。流しには汚れものが一杯たまっていた。そういえば今日は、奥さんも子供の姿も見当たらない。先生の目が、一瞬ひらりと泳いだように思った。唐突に、「生活は大変だ」と私に言う。それから「共同で脚本を書き、売り込みましょう。つてがありますよ」と言うのだ。私は答えに窮し、壁を見た。そのとき、さきほどの見覚えのある版画が、少し傾いているのに気がついた。

# ざわめきを聴きにいく

アパートの隣人が引っ越すことになり、ある日大きなトラックがやってきた。彼女の姿は見えない。荷物だけが、汗がふきだすように、小さな部屋から、どっとあふれた。階段の下には、紙の靴箱がいくつも積み重ねられ、運ばれるのを待っている。その一番上の箱のふたがずれていて、なかに、先のとがった古いデザインの、けれどまだまあたらしい赤いハイヒールが見えた。なぜか、一瞬心がきゅっとしまり、彼女の過ごした今までの日々とこれからの日々のことが思われた。

こうして私たちは動いていく。どこともわからないどこかへ。そんな気がして、あたりを見まわすと、空気がやわらぎ、春がきているのがわかった。

お互い、ほとんど顔をあわせることもなかったけれど、階段を上ったり降りたり、ドアを閉める音などがすると、あ、帰ってきたな、とか、あ、出かけていく、などと思う。つまり、生きてるな、ということを確認する。私たちは、限られた音だけで生を確認しあう、架空の家族のようであったのだ。

しかし、その夜から、雑音が、いっさい立たない部屋を隣にかかえることになった。空っぽの部屋、生がかもしだす音のしない、死んだ部屋。すると私の心のなかにも、同じ種類の空虚がぱっくりとひろがっているのに気がついた。次の日、思わず緑の鉢植えを買ってきたのは、耳の孤独を、眼が補完するような具合であったのだろうか。

それから幾日かが過ぎたある日の午後、散歩に出て、小学校の脇を通りすぎた。校舎の窓という窓はうすくあいていて、そこから、たくさんの子供たちの声がこぼれてくる。話し声や笑い声、それらがまざりあったざわめきは、距離を隔てて意味が消され、泡状の言語となって、窓から降り注いだ。このあいだからの耳の孤独が、なにか見たこともない柔らかいモノで、少しずつ満たされていくのがわかった。私はいつまでも道にたたずみ、そのざわめきを聴いていたいと思った。

たとえば、古い町の薄暗い路地で。音楽会の始まる前の、ホールのなかで。ホテルのロビーで。豆腐屋の店先で。道にせりだした喫茶店で。そこで人々は、小鳥のように、記号的な言語を話していた。ことばが意味となって耳に届く前の、ぶくぶくとあわだつ原始的な音。ザワメキには、まるで、ことばが、いま生れたばかりというような、遠い祝祭的な響きがある。そこでは人間の風景もまた、いまだ、抽象的な幾何学模様として、世界に新鮮に配置されていた。

# 屋上への誘惑――あとがきにかえて

屋上の金網に手をかけて、地上へ吸い込まれるように落ちていくボールを、じっと見ていた子供のころ（入滅って、あんな感じではないかしら）。拾いに行った子を待っていた時間、あの場所には始終、風が吹いていていた。結局あの子はどうしたのだったか。今も時々、あの子をまだ、待ち続けているような気持ちになる。

耳を澄ますと、ボールを片手に、勢いよく、階段をかけあがってくる音がする。待っていたあの子が、戻ってきたようだ。しかし踊り場から現われた子供は、あの子のようで、ちょっと違う。そばかすだらけで、私にそっくりだ。

日が暮れてきた。風も強くなった。気がつくと屋上には、もう誰もいない。目をこらすと薄い暗闇のなか、拾われてきた白いボールがこの闇にもう少しでとろけてしまうというように、見えない子供たちの見えない手によって、パスされたり、はじかれたり。言霊（ことだま）のように行き来している。

やがてそれさえも、深い闇に隠されて、この世全体が、次第に翳（かす）んでいく。ボールがバウンドする乾いた音だけが、屋上にいつまでも響いている。

本書は、株式会社岩波書店のご厚意により、同社刊『屋上への誘惑』を底本といたしました。

小池昌代（こいけ・まさよ）

詩人．1959年東京生まれ．
詩集に，
『水の町から歩きだして』（思潮社，1988年）
『青果祭』（思潮社，1991年）
『永遠に来ないバス』（現代詩花椿賞，思潮社，1997年）
『もっとも官能的な部屋』（高見順賞，書肆山田，1999年）
などがある．

屋上への誘惑

**（大活字本シリーズ）**

---

2016年12月10日発行（限定部数500部）

底　本　岩波書店刊『屋上への誘惑』

定　価　（本体 2,900円＋税）

著　者　小池　昌代

発行者　並木　則康

発行所　社会福祉法人　埼玉福祉会

埼玉県新座市堀ノ内 3―7―31　〒352―0023

電話　048―481―2181

振替　00160―3―24404

印刷製本所　社会福祉法人　埼玉福祉会　印刷事業部

---

ISBN 978-4-86596-125-6